안갯속 그녀_리턴

국립중앙도서관 출판예정도서목록(CIP)

안갯속 그녀-리턴 : 홍기자 장편소설 / 글쓴이: 홍기자.
서울 : 찜커뮤니케이션, 2018

ISBN 979-11-87622-10-9 03810 : ₩12800

한국 현대 소설[韓國現代小說]

813.7-KDC6
895.735-DDC23   CIP2018035744

초판 1쇄 인쇄 2018.11.30
초판 2쇄 발행 2022.04.26

글쓴이 : 홍기자
펴낸이 : 김정원

펴낸곳 : 찜커뮤니케이션
             등록번호 제 2015-000041호
             등록일자 2015.03.03
             주소   서울특별시 동대문구 장한로18길31 201동 806호
             전화   070-4196-1588
             팩스   0505-566-1588
             이메일   zzimmission@naver.com
             포스트   http://post.naver.com/zzimcom
             트위터   https://twitter.com/zzim_hong

인쇄.제본 : 서울 문화인쇄 / 물류 : 런닝북
표지, 본문 일러스트 : B & S Design
편집디자인 : 찜(zzim)

값 : 12,800원
ISBN : 979-11-87622-10-9(03810)

안갯속 그녀_리턴

홍기자 장편소설

Communication

안갯속 그녀_리턴

안갯속[안 : 개쏙, 안 : 갣쏙]
: 어떤 일이 어떻게 이루어질지 모르는 상태를
비유적으로 이르는 말

목 차

처참했던 여름을 지나다

●

"뚜뚜-뚜뚜-뚜"

"엄마! 엄마! 이렇게 빨리… 빨리 가면… 어떻게 해…
죽지 마. 엄마, 제발…….."

젖먹이 강아지가 어미 품에 파고들 듯, 희끗희끗한 짧
은 커트 머리를 한 여자의 품에 파고든 다른 여자, 나지
막한 흐느낌 소리가 삭막한 중환자실 허공을 떠다니고
있다.

"뎅. 뎅. 뎅…….."

천장이 '쿵'하고 무너질 듯 무거운 침묵이 짓누르고 있
다. 병원 복도의 낡은 괘종시계가 그 불편한 무거움을
깨고 싶은 것처럼 흔들리며 자정을 알렸다. 이곳과 이
별한 여자의 눈꺼풀이 파르르 한 번 떨리더니 한줄기 눈
물이 주르르 떨어졌다.

●

　온몸이 마치 바윗덩어리에 눌린 것처럼 한없이 가라
앉았다.

　꿈인지 생시인지 도무지 분간할 수 없는 느낌⋯⋯.

　여자는 이불을 꽁꽁 둘러싸고 죽은 듯 누워 있는데 며
칠을 그 모양으로 있었는지 베고 있는 베개는 주인의 모
습처럼 가운데가 초라하게 푹 파여 있다.

　"딩-동!"

　초인종 소리가 맑게 울렸다. 하지만 여자는 아무것도
들리지 않은 듯 미동도 하지 않은 채 몸을 더욱 구부리
며 이불 속에 그대로 웅크리고 있다.

　"딩동, 딩동!!"

　초인종 소리가 아까보다 좀 예민하게 울렸지만 여자는
본능적으로 이깨를 짐깐 꿈틀하더니 이내 나시 웅그녔
다.

　"띵 똥, 띵 똥, 띵 똥!!!!"

　깨지는 듯 날카롭게 초인종 소리가 울려 댔다.

　그제야 여자는 이불 속에서 천천히 몸을 움직였다. 오

래된 비디오테이프의 영상이 축축 늘어지듯 여자는 느리고 힘들게 이불을 열고 몸을 일으켰다.

"띵 똥, 띵 똥, 띵 똥, 띵 똥!!!!"

이번에는 현관문이 깨지라고 초인종을 눌러 댄다.

'알았어, 나간다고… 제발, 조용히 좀 해…'

여자는 미간을 잔뜩 찡그리고서는 귀찮은 듯 일어나 비틀비틀 방문을 열고 거실로 나갔다. 헝클어진 머리, 초점 없이 퀭한 눈, 하얗게 말라버린 입술…….

천 리 길도 이렇게 멀까? 현관문까지 휘청거리며 걸어가는 여자의 뒷모습이 위태위태했다. 밖에서는 문짝이 떨어져 나갈 듯 초인종을 누르고 문을 요란하게 두드려 대며 야단법석을 떠는데 여자는 전혀 당황하지도 않고 현관문을 천천히 열어 줬다.

삑 하고 열리는 현관문 사이로 따가운 여름 햇살이 가늘게 들어왔다.

여자는 눈이 부신 듯 한쪽 눈을 잔뜩 찡그리며 고개를 푹 숙였다.

"연우야!"

더위에 얼굴이 빨갛게 익은 통통한 체형의 여자가 현관문을 확 열고 튕기듯 뛰어 들어와 여자의 어깨를 세차게 흔들었다. 친구 숙영이다.

"연우야! 이눔 기집애! 죽은 줄 알았잖아! 나쁜 년!"

"……."

이번에는 축 늘어진 여자를 붙잡고 어금니까지 보일 정도로 입을 한껏 벌리고선 꺼이꺼이 울기까지 했다.

"너 잘못된 줄 알고 경찰에 신고까지 하려 했다고! 전화도 받지 않고 문을 두드려도 안 열고, 도대체 너 왜 그래! 열흘을 어떻게 그렇게 있냐고!! 나쁜 기집애야! 엉엉엉!"

연우. 그녀는 연우라 불리는 여자였다.

●

"따르릉~따르릉~"

"네. 감사합니다. 한국 신문사입니다."

"따르릉~따르릉~"

"아, 네! 네! 경찰서에 고소인이 도착했나요? 알겠습니다. 곧 출동합니다!"

"김 기자, 뭐야? 대질 신문 뜬대?"

"네! 국장님, 저도 지금 바로 뜨겠습니다!"

"그래, 그래, 수고하라고. 자네, 이번에 특종 하나 빵

터뜨려, 알았나?"

"네! 충. 성!"

"거긴 뭐야? 어이, 거기, 문화부! 사회부는 뜨거운 거 터뜨릴 기센데 문화부는 뭐 물건 없나?"

낡은 창가에 기대고 있는 팔손이나무는 언제부터 일용할 양식을 못 먹었는지 잎이 축 늘어져 고개를 숙이고 있다. 무더위에 약해 창가에서 조금 선선한 곳으로 내려 줘야 했는데 아무도 신경을 쓰지 못하고 있으니 외톨이가 된 팔손이나무.

'저 나무가 도대체 언제부터 창가에 있었지?'

시트지를 붙였는데도 사무실의 대형 창문으로 따가운 여름 햇살이 사정 봐 주지 않고 뚫고 들어오려고 하고 있다. 그나마 슬쩍 더럽혀진 창문 덕에 뜨거움이 한 번씩은 쉬었다가 들어오지만…….

연우는 책과 신문, 펜, 풀들이 수북하게 쌓여있는 책상 의자에 앉아 손에 턱을 고인 채 무심한 눈길로 '비쩍 마른 팔손이나무'만 바라보고 있다. 마치 나무를 처음 본다는 듯 생소한 표정의 그녀는 이제 살짝 고개를 내려 책상 위에 놓인 신문에 박힌 이름을 봤다.

'한국 신문이라… 한국 신문…'

연우는 다시금 눈을 가늘게 뜨고 중얼거렸다. 사건을

추리하는 형사처럼 '한국 신문과 팔손이나무'를 번갈아
보며 중얼거림을 멈추지 않았다.

"이연우! 이 연우 기자!"

목덜미 살이 턱까지 기어올라 마치 흰 붕대를 한 듯 기
름지게 살이 찐 편집국장의 허연 얼굴이 연우를 바라보
며 소리를 질렀다. 연우를 흘겨보는 그의 눈길이 따끔
한 총을 쏘는 듯 여름 햇볕보다 따갑게 느껴졌다.

눈을 가늘게 뜨고 생각에 잠긴 연우는 그런 편집국장
의 소리를 들었는지 못 들었는지 턱을 고인 손을 좀처럼
내려놓질 않았다.

"아니, 이 사람이, 이 연우 기자! 자네, 내 말 안 들리
나?"

연우에게 소리를 지르다 못해 편집국장은 이제 얼굴까
지 시뻘게져서는 씩씩거렸다. 그러다가 도저히 못 참겠
다는 듯 발로 바닥을 한번 휙 차고는 발길을 돌려 연우
책상으로 쿵쿵거리며 걸어왔다.

사무실 바닥이 무너질 듯 시끄러운 소리에 그제야 연
우는 턱에서 손을 떼고 고개를 돌려 자신을 향해 돌진하
는 편집국장을 쳐다봤다. '왜 저러지?' 하는 눈빛으로
한참을 바라보던 연우는 곧 꿈에서 깬 듯 머리를 한 번
크게 흔들고 눈을 질끈 감았다가 다시 떴다.

분노에 찬 '기름진 편집국장'은 그녀가 앉은 의자 앞에 곧 도착할 것이다.

"쿵! 쿵! 쿵"

공룡 발소리가 저랬을까?

'알았어, 알았다고… 좀 조용히 좀 해…'

거북이가 등껍질에서 목을 빼고 쭉 늘리듯이 그 두꺼운 목을 한껏 위로 뺀 편집국장은 연우의 의자 앞에 기세등등하게 버티고 선 채 허리춤에 양손을 올리고서 한껏 흘겨봤다. 예의 눈초리를 만난 연우는 고개를 푹 숙였다.

"자네! 무슨 정신으로 사는 건가? 완전히 넋 나간 사람처럼 말이야. 이건 뭐, 상사야, 상사! 왜 자네가 국장 해 먹지 그래?"

격앙된 목소리로 꽥 소리를 질러대는 편집국장의 찢어지는 목소리가 연우의 귀청을 쾅쾅 때리는 것 같다. 그녀는 더욱 고개를 숙이고 다시 한번 눈을 꽉 감았다.

'조금 있으면 끝나겠지. 저 허연 돼지, 지겨워…'

자신의 잔소리에 큰 움직임도 없고 대답도 하지 않는 연우를 보며 더욱 감정이 격해진 편집국장은 숨을 '후' 하고 고르더니 다시 한 번 찢어지는 소리를 냈다.

"아니, 누군 가족 안 죽어 봤나? 도대체 장례 치른 지

가 언제인데 아직 그 꼴인가? 엉? 한 달이 넘었다고! 이
사람아!"

어깨를 잠시 흠칫하더니 푹 숙였던 고개를 천천히 드
는 연우. 아까의 무기력하고 건조한 눈빛과는 전혀 다
른 소름 돋는 눈빛. 푸른 기운을 뿜어내는 그녀의 눈을
보고는 편집국장은 괜히 헛기침하며 슬쩍 한발 물러섰
다.

절대 듣지 말았어야 할 얘기.

연우, 그녀에게 있어 가장 치명적인 상처에 짜디짠 소
금을 뿌려대고 한 발 뒷걸음친 편집국장에게 연우는 윗
몸을 천천히 일으키며 눈빛을 단단히 고정했다.
아까의 등등하던 기세와는 다르게 얼굴빛이 누렇게 된
편집국장은 그런 연우를 실눈으로 흘겨보며 이마에 맺
힌 땀을 두꺼운 손바닥으로 쓱 닦았다.

●

주말, 문화센터에 가는 길이 황금빛처럼 느껴졌다.
몸속의 진액까지 모두 빠져나갈 듯 뜨거웠던 여름이

엊그제 같은데 길 가 은행 나뭇잎들이 노랗게 옷을 바꿔 입었다. 어떤 나뭇잎은 본분을 다했다는 듯 바닥으로 후드득 떨어져 양탄자를 만들기도 하고 멋 내기 좋아하는 어떤 나뭇잎은 바람에 이리저리 날리며 그들만의 춤을 췄다.

부드러운 베이지 색깔의 프렌치 코트를 입고 집 밖으로 나온 연우는 이번 참에 마음을 단단히 먹었다. 꼭 헬스를 하리라고. 그동안 운동을 해야겠다고 마음만 먹으면 이상하게도 운동을 할 수 없게 만드는 것들이 그녀 주위에 수북하게 달려들었다.

'그래. 이번에는 '꼭'이야. 꼭 할 거라고.'

무슨 대단한 결심이라도 한 양 입을 꾹 다문 연우의 표정이 결의에 차 있다. 하긴 '허연 돼지 편집국장' 등쌀에 견뎌나려면 강철 체력이 필수라고 다시 한번 다짐을 했다.

'망할 놈의 허연 돼지 같으니라고.'

얼마 만에 맡아 보는 바람 냄새인지 모른다. 연우는 연신 콧구멍을 벌렁거리면서 바람을 다 마셔 버릴 태세다. 혹독하고 처참했던 얼마 전 여름이 마치 아득한 옛날처럼 느껴졌다. 엄마를 떠나보낸 여름은 그녀에게 있어 결코 잊을 수 없는, '마음에 칼이 꽂힌 여름'이 되고 말았다.

 가을을 유난히 좋아했던 엄마는 가을만 되면 기운이 펄펄 났다.

 "엄마, 엄마는 가을이 그렇게 좋아?"

 "그럼, 가을이 얼마나 좋은데."

 봄에는 가물가물 곱게 피어오르는 아지랑이가 무척 어지럽다며 도리어 시름시름 앓아눕는 엄마였다. 뜨거운 여름은 엄마가 두려워하던 최악의 계절이었다.

 당뇨와 심장병 등 여러 가지 질병을 안고 살았던 엄마에게 여름이라는 놈은 흠씬 때려눕히고 싶을 정도로 미운, 이길 수 없는 적군의 수장이었다.

●

 엄마의 몸과 마음을 고단하게 했던 얄미운 계절만 있는 게 아니었는데 최고 효자는 가을이었다. 덥지도 춥지도 않고 평화로운 공기를 담은 계절인 가을의 엄마는 마치 꽃띠 아가씨처럼 성격이 밝아지고 걸음걸이마저 총 총 힘이 났었다.

 그러나 가장 좋았던 건 엄마의 외모 중 가장 예쁜 곳인 눈, 바로 눈동자를 반짝거리면서 연우와 눈을 맞추며 많은 이야기를 나눈 거였다.

 가을의 무엇이 그렇게도 엄마를 사랑스럽고 씩씩하게 만들었는지 알 수 없지만, 가을만 되면 힘이 나는 엄마를 보며 어린 연우는, '엄마와 눈을 맞출 수 있는 가을만 있었으면…' 하고 기도하기도 했었다.

 하지만 미희는 연우의 생일에 이상하게도 앓아누웠는데 한참을 아프다가 가운을 차리곤 했다.

 "딩동~"

 프렌치 코트 오른쪽 주머니에 있는 휴대폰에서 문자가 왔다는 기계음이 들렸다.

 눈을 감고 고개를 뒤로 젖혀 선선한 가을바람을 마시고 있던 연우는 감상을 멈추고 휴대폰을 꺼내 수신된 문자를 읽었다.

 "10월 10일, 이연우 님! 당신의 생일을 축하합니다! ***에서 생일 축하 쿠폰을 받으세요."

●

 "여보세요? 신미진 씨 맞습니까?"

 "네, 그런데요?"

 "아! 안녕하세요? 저는 한국 신문사의 이 연우 기자라고 합니다.”

“네! 이 기자님! 안녕하세요?”

“오늘 뵙는 거 확인 차 연락드렸습니다.”

“물론이죠. 잊지 않았어요.”

“네, 그럼, 이따 오후 세시에 뵙겠습니다.”

“네. 그러세요.”

연우는 전화를 끊고 오른쪽 다리를 책상 밑으로 한참 뻗어 구석으로 들어간 한쪽 슬리퍼를 발에 찾아 끼었다. 고개를 좌, 우로 한 번씩 움직인 후 팔을 위로 쭉 뻗어 기지개를 켜고 의자 등받이에 걸쳐 놓은 회색 카디건을 주섬주섬 걸치고서는 일어섰다. 책과 신문이 수북하게 꽂혀 있는 서고로 갈 참이었다. 지하 서고는 그녀가 개인적으로 좋아하는 공간인지라 갈 때마다 괜히 콧노래가 흥얼거려졌다.

“엄마가 섬 그늘에 굴 따러 가면… 아기가 혼자 남아.”

계단 한 칸씩을 도장 찍듯이 꾹꾹 눌러 밟으면서 연우는 나지막하게 흥얼거렸다.

“바다가 불러 주는…….”

“아, 이 기자 오는 거여?”

연우가 계단 끝자락을 미처 밟기도 전에 서고에서 남자가 얼굴을 쑥 내밀며 반색을 했다. 정 부장은 항상 그렇게 마지막 계단 한 칸을 남겨 두었을 때 나타났다.

 신문사와 출판사가 함께 있는 건물인지라 지하 서고에는 단행본들과 신문 자료가 가득한데 그것을 관리하는 이가 바로 정 부장이었다.

 늘 사람 좋은 미소를 얼굴 가득 품은 채 정겨운 충청도 사투리로 상대의 마음마저 편안하게 해줬다. 연우의 엄마 미희의 고향이 충북 청주고 정 부장은 충북 괴산이어서 더욱 더 가깝게 느껴졌다.

 연우를 무척 예뻐하는데 정 부장의 딸인 현지가 연우와 비슷한 연배이기도 한데다가 활발한 현지는 연우한테 "언니, 언니!" 하며 무척 잘 따랐다. 평소에도 연우가 지하 서고에 오면 맛있는 과자도 내주고 서툴지만 '다방 표 커피'까지 타주는 그녀의 열혈 팬이었다.

 더구나 연우 어머니가 돌아가신 후에는 계단에서 연우 콧소리만 나도 계단의 마지막을 벌써 밟고 올라오는 아버지 같은 사람이었다. 말수는 적지만 행동으로 사랑을 표현하는 정 부장에게 연우는 늘 고마움을 느끼고 있다.

 정 부장은 아내와 사별했다.

 아내가 췌장암으로 투병하는 동안 원래부터 운영하던 출판사 일을 조금씩 줄여가며 삼년간 병간호를 했는데 5년 생존율 7% 정도의 어려운 암이라고 하는 췌장암을

이기지 못하고 10년 전 아내는 영원히 떠났다.

이후 출판사를 완전히 정리하고 한국 신문사로 취업하여 서고 책임자로 일한 지 10년이 되었다.

"네, 정 부장님. 연우예요."

"취재 자료 찾아 놓았어, 이 기자."

정 부장의 10년 서고 지기 인생이 묻어난 낡고 손때 묻은 책상에 신문 자료들이 정갈하게 놓여 있다. 언제나 둘러봐도 깔끔한 그의 책상이다. 참 잘 생기고 청결한 이미지의 정 부장에게서는 페퍼민트 향이 날 것만 같아 '나이가 많아도 이렇게 청년같이 싱그러울 수 있구나.' 라는 생각을 꼭 하게 된다.

"아이, 감사해요. 그러잖아도 오늘 오후 세 시에 취재가 있는데 자료 찾으려면 시간이 조금 부족했거든요."

"그래? 이 기자가 얘기한 대로 찾아놓긴 했는데 잘 찾은 건지 모르겠네?"

갑자기 또 사투리가 쑥 나오는 정부장이었다.

정 부장은 평소에 사투리를 전혀 쓰지 않지만, 연우와 있을 때는 신기하게도 사투리가 불쑥 나오는 데 그럴 때면 연우는 엄마의 고향 청주에 있는 듯 덩달아 편해졌다.

자신의 책상인 양 정 부장의 책상 의자에 엉덩이를 내

밀어 걸치고는 이내 신문 자료를 살펴보는 연우다. 흰 면양말에 세 줄이 있는 슬리퍼를 신고 다리를 책상 밑으로 쭉 펴고 앉은 연우를 기특하다는 듯 쳐다보는 정 부장이 예의 그 청결한 미소를 지었다.

하얀 이가 다 드러나게 입술 양쪽을 시원하게 열어서 웃는 건강하고 청결한 미소. 그 미소를 볼 때마다 정 부장이 곧은 풀꽃 같다고 생각하는 연우였다.

"이 기자, 커피 한 잔 타 줄까?"

"네, 정 부장님!"

"그러잖아도 내가 맛있는 커피 사 왔어. 우리 이 기자 타주려고."

"진짜요?"

"그럼~ 카페인도 거의 없고 맛이 연한 거여. 이 기자 심장도 안 좋은데 연한 걸루다가 마시라고."

"빨리 주세요. 정 부장님!"

"알았어, 알았어, 허허허."

마치 아버지와 딸의 모습처럼 정겨움이 묻어났다.

연우에게 커피를 타 주러 싱크대로 가는 정 부장의 걸음이 바빴다. 가스레인지에 작은 주전자를 올리고 연우가 좋아하는 '빨간 티셔츠를 입은 곰돌이'가 그려진 주황색 머그잔에 그가 사 왔다는 건강 커피 두 숟가락, 설탕 두 숟가락을 넣고서는 물이 보글보글 끓기를 기다렸다.

김이 폭 폭 나는 주전자를 들어 머그잔에 뜨거운 물을 따르고 냉장고에서 우유를 꺼내 정성스럽게 따르면서 정 부장은 혼잣말 했다.

"커피도 딱 끊으면 좋겠구먼… 심장도 시원찮으면서…"

어쨌든 '건강 커피'를 열심히 타서 연우에게 돌아왔다. 커피에 크리머 대신 우유를 넣는 것은 심장이 나빠 몸이 자주 아픈 연우를 위한 정 부장의 특별 아이디어다.

정 부장은 연우의 왼쪽에 머그잔을 조심스럽게 놓아줬다. 오른손잡이인 연우가 신문 자료를 확인하며 왼손으로 커피를 편하게 마실 수 있도록 하는 배려다.

공교롭게도 왼손잡이인 정 부장은 연우에게 잔을 놓아줄 때마다 조심조심 신경을 썼다. 자연스럽게 커피를 한 모금 마신 연우가 눈을 동그랗게 뜨고 고개를 돌려 정 부장을 쳐다봤다.

"와~! 정 부장님, 커피 정말 맛있어요! 도대체 어떻게 하신 거예요?"

커피 한 모금을 마시고서 연우는 호들갑이다.

"그려? 맛있어? 다행이네, 정말 다행이여."

"아주 부드러워요. 적당하게 씁쓸하고 또 적당하게 달콤하고. 아, 좋다."

눈썹까지 깜박이며 잔을 두 손으로 꽉 감싼 연우는 커피 한 잔에 온 세상을 다 얻은 표정이었다. 그런 연우를 귀엽다는 듯 바라보는 정 부장이다.

'어이구, 저렇게 커피를 좋아하는데 끊으라고 말 못 허지…'

"정 부장님, 저 사진 한 장 찍어 주세요!"

"사진?"

"네! 정 부장님 일회용 사진기 갖고 계시죠?"

"있지."

"커피가 너무 맛있어서 기분이 좋거든요."

"그려? 알았어. 허허허."

"사진 한 장은 저 주시고, 한 장은 정 부장님 책상에 놓으셔도 되고요!"

정 부장은 사진기를 꺼내 잔을 두 손으로 감싸고 세 줄이 있는 슬리퍼를 신은 두 발을 앞으로 쭉 뻗어 활짝 웃는 연우의 사진을 찍었다.

커피를 마신 연우는 책상에 놓인 신문 자료들을 한 장씩 차곡차곡 접어 자신이 가지고 온 비닐 파일에 정성스럽게 넣었다.

"오늘 취재원이 애 엄마여?"

"네, 아이를 혼자 키우는 엄마예요."

"혼자서? 그 엄마는 엄청 힘들겠구먼. 엄마, 아빠가 같이 키워도 힘든 게 자식 키우는 건데 워째 혼자서 그런 거여?"

"음… 교제하던 남자가 있었는데 임신 얘기를 하니까 그 이후로 모습을 감춰서 혼자 그렇게 되었대요. 너무 어릴 때 만나기도 했고요."

"그놈이 나쁜 놈이네! 워째 제 새끼를 가진 애 엄마를 그런 거여?"

"도망간 이유는 그 사람만이 가장 잘 알겠지만 뭐… 아빠가 될 마음의 준비를 안 한 것일 수도 있겠고요."

"무슨 망할 놈의 준비? 그럼 애 엄마는 마음의 준비가 되었을까? 똑같이 놀랐겠지."

"역시, 우리 정 부장님은 늘 명답을 주신다니까요? 맞아요. 준비는 똑같이 되지 않았는데 짐은 엄마가 고스란히 신 거죠."

"자료 찾다 보니까 애 엄마가 목숨도 끊으려고 했다던데… "

아마도 연우가 부탁한 자료를 찾다가 기사 내용을 꼼꼼하게 읽은 모양이었다. 무엇 하나 허투루 넘기지 않은 정 부장이다.

"네, 그렇게 응급실에 실려 가서 죽다 살아났는데 깨어나서는 완전히 다른 사람이 된 것처럼 마음을 다시 잡고 아이까지 낳았대요. 그리고 지금은 미혼모 보호 시설 모금 운동을 발로 뛰며 하고 있다고 하잖아요. 신문에 난 것처럼."

"암, 그렇지. 그게 어미인 거여…"

정 부장의 끄덕거림을 보고 비닐 파일에서 그 기사가 실린 신문을 다시 꺼내 아이 엄마의 사진을 유심히 보는 연우다. 신미진. 이십 삼 세. 아직은 말갛고 어린 그녀였다. 그래, 살벌한 세상에 얼굴을 내민 그녀는 약한 여자가 아니라 강한 엄마이리라…….

강렬하게 마음을 때리다

●

오늘은 바람이 제법 쌀쌀한 척을 했다. 아파트 단지 앞 버스 정류장에 내리자 낙엽을 머금은 첫 번째 바람이 휙 하고 연우의 뺨을 스치는데 트렌치코트 깃을 슬쩍 올려 두 번째로 다가오는 낙엽 바람을 막으며 서둘러 발걸음을 옮겼다.

'통으로 맘 좋은 빵집!'

노란 은행잎을 팔에 달고 있는 가로수가 있는 인도를 지나 아파트 상가 입구에 들어서니 큼지막한 가게 상호가 보였다.

'그래, 신미진 씨 아이가 네 살이 되었다고 했지? 아이 먹을 크림빵 좀 사서 가야겠다!'

'통으로 맘 좋은 빵집' 앞에 다가선 연우는 가게 앞 진열대에 오밀조밀 놓여 있는 빵의 무리를 차근차근 살펴봤다. 곰 얼굴의 과자, 미니 햄버거, 하얀 크림이 가득 들어 있는 크림빵, 곰보빵, 찹쌀 도넛…….

어떤 것으로 살까 하며 쉽게 결정을 하지 못하는 연우에게 빵집 주인인 듯한 아주머니가 큰 소리로 물어봤다.

"아가씨! 누가 먹을 빵인데?"

"아, 네? 네… 네 살 아이가 먹을 건데요?"

"조카 줄 거구나? 아니, 자기 아인가?"

"아니요. 어… 조카요."

부담스러울 정도로 얼굴을 바짝 들이대고 마구 친한 척하는 주인아주머니를 피하고자 연우는 얼굴을 살짝 뒤로 빼고 '조카가 먹을 빵'이라며 서둘러 대답했다. 뭐, 자세한 사항까지는 이야기할 의무는 없으니까.

"네 살? 그러면 슈크림 빵 사주면 좋겠는데?"

"슈크림 빵이요?"

"응, 큰 슈크림 빵 말고 요만한 거, 이거."

빵집 주인은 메추리 알 두 개만 한 슈크림 빵 6개가 옹기종기 들어있는 비닐을 손가락으로 가리켰다. 그건 연우도 좋아하는 빵이었다.

"초등학생쯤 되었으면 큰 거 먹는데 네 살 아기는 그것처럼 작은 게 양도 적고 좋지. 몇 개 살려우?"

"세 봉지 주세요."

아이에게 두 봉지를 주고 한 봉지는 집에 가면서 먹으려고 연우는 세 봉지를 샀다. 빵값 계산을 한 후 상가 끄트머리를 지나 다시 아파트 단지 안으로 들어갔다. 사방을 두리번거리며 105동을 찾고 있는데 저 앞에서 어떤 여자가 손을 흔들며 활짝 웃고 있다.

'누구지?'

연우는 고개를 갸우뚱하며 손을 흔드는 여자에게로 걸어갔다. 동시에 여자도 연우 쪽으로 빠르게 걸어왔다. 곱다. 가까이 다가오는 여자의 얼굴은 마치 흰 국화처럼 하얗게 곱고 몸매는 코스모스처럼 하늘하늘 했다.

까맣게 윤이 흐르는 긴 생머리는 뒤통수 쪽으로 높게 하나로 올려 묶어 가녀린 목덜미가 살포시 드러나 청순함을 흠뻑 풍겼다. 여자의 얼굴을 한참 쳐다보는데 이상하게 낯이 익었다.

"이 연우 기자님 아니세요?"

이연우라는 말에 흠칫 놀란 연우는 고개를 끄덕였다.

"아, 네."

"저, 신미진이예요, 이 기자님. 오늘 뵙기로 한."

"아! 신미진 씨! 어, 댁에서 뵙기로 한 것 같은데 어떻게 밖에 계세요?"

"예, 효가 자꾸 밖의 놀이터에서 놀고 싶다고 칭얼대서요. 할 수 없이 데리고 나왔어요."

"효요? 아, 아이 이름이 효인가요? 이름 참 예쁘네요. 그런데 아이는…"

"예. 105동 앞 놀이터에서 친구들하고 모래 놀이 하고 있어요. 저, 죄송하지만 오늘 취재는 놀이터 의자에서 해도 될까요? 차라리 집보다는 그곳이 나을 거에요. 아이가 보채지 않을 테니까요.”

“그럼요! 괜찮습니다. 오늘 날씨도 별로 춥지 않고요.”

연우는 트렌치코트 깃을 다시 한번 여미며 활짝 웃었다. 그래, 이 정도 바람쯤이야 뭐.

코스모스같이 여린 몸매로 앞장서서 빠르게 걷는 신미진을 연우는 부지런히 따라갔다. 저렇게 연약한 여자가 어떻게 거친 인생을 가고 있는 것일까? 연우는 짐짓 마음이 찌릿했다.

105동 앞 놀이터에 도착하니 올망졸망한 꼬마들이 모래 범벅을 하고 모래 놀이를 하고 있다. 놀이터의 그네를 보자니 한번 타 보고 싶어지는 연우였다. 빨간색 미끄럼틀 앞 모래에 털썩 주저앉아 소꿉놀이를 하는 꼬마들은 서로 아빠, 엄마, 동생, 언니 등으로 일사불란하게 역할을 정해 진지하게 놀이를 하는 중이있다.

꼬마들 바로 앞 벤치에 앉은 연우와 효 엄마는 그런 아이들을 잠시 바라보며 웃음 지었다.

“효야! 손님 오셨어. 이리 와 봐.”

꼬마 무리 중에 얼굴이 유난히 하얀 여자아이가 고개

를 번쩍 들고 연우를 쳐다봤다. 닮았다. 효는 엄마, 신미진과 많이 닮았다. 벌떡 일어나서 엄마에게 달려오는 네 살 효는 어찌나 귀엽고 밝게 웃는지 연우는 자기도 모르게 함께 활짝 웃고 있었다.

통통한 아이의 볼살이 꼭 알밤 한 개씩을 양 볼에 물고 있는 듯 꼬집어 주고 싶도록 귀여웠다. 벤치 앞에 온 효는 엄마 품에 덥석 안겨서는 살짝 얼굴을 돌려 연우를 쳐다봤다. 눈동자가 유난히 큰 아이의 눈은 호수처럼 맑고 깨끗했다.

"안녕, 효! 아줌마는 이연우라고 해."

엄마 품에서 얼굴만 돌려 쳐다보는 효에게 연우는 눈을 찡긋하고 웃으며 인사를 했다. 별 반응이 없다. 그런 효를 보고 민망했는지 효 엄마는 얼굴이 순간 발그레해졌다.

"효야, 인사드려야지. 그러면 안 돼요!"

"아니에요. 아이들은 다 그렇죠. 뭐, 하하하!"

효의 무반응에도 연우는 아무렇지 않은 듯 웃으며 가방 속에서 슈크림 빵 두 봉지를 꺼내 효에게 줬다. 아이의 눈동자에 반가움이 스쳤다. 슈크림 빵에는 좀 더 적극성을 보이는 효가 정말 귀엽다는 듯 연우는 빵 봉지를 아이에게 쥐여주며 소곤거렸다.

"효, 친구들이랑 먹어. 아줌마는 여기 앉아서 엄마랑 얘기 좀 하고 있을게. 알았지?"

빵 봉지를 받고 신이 난 효는 연우에게 한번 웃어주고 서는 의기양양하게 친구들이 있는 곳으로 뛰어갔다. 빵을 보자 신이 난 꼬마들은 소꿉장난에서 효를 엄마로 서열을 다시 올려 줬다. 아까는 여동생이었는데… 역시 아이들에게는 먹을거리가 최고지.

"아이, 죄송해요, 기자님. 아직 어려서요."

"아닙니다. 효가 참 귀엽네요? 엄마랑 똑같이 생겼어요."

"예쁘게 봐주셔서 감사합니다."

"혼자 몸으로 너무 예쁘게 키우셨어요. 고생이 많으시겠어요, 정말."

연우는 신미진을 향해 몸을 돌려 앉으며 진심이 담긴 첫 이야기를 꺼냈다. 자신보다 한참 어린 그녀가 새삼 존경스러웠다. 얼마나 고단한 시간일까…….

하얀 국화같이 고운 신미진의 얼굴에 잠깐 그늘이 드리웠다가 예의 그 눈웃음으로 그늘을 거뒀다. 물을 담뿍 안고 있는 듯 맑은 그녀의 눈이 연우의 눈과 마주쳤다. 두 여자의 눈이 서로를 향해 깊은 위로와 진심을 보내는 듯 한동안 침묵이 흘렀다.

"네, 힘들었어요. 지금도 그렇지만요. 기자님을 뵈니 제 마음이 참 좋네요. 친언니 같고."

"오늘 취재한다고 긴장하지 마시고 그냥 편하게 얘기해주시면 돼요. 음, 그냥, 미진 씨 살아온 이야기, 또 살아갈 이야기를요."

"대단한 이야기도 없는데요 뭐… "

"효 아빠는 어떻게 만나셨나요?"

"효 아빠요. 그 사람은 파출소에서 만났어요. 고등학교 3학년 가을에요. 아! 딱 이때쯤 이네요. 수능 보기 얼마 전이었으니까요."

"파출소요?"

"네."

긴 속눈썹을 깜박거리며 하늘을 한번 올려다보는 신미진의 콧날이 서늘했다.

●

그해에는 수능 일자가 다른 해 보다 시기가 조금 일러 미진의 마음은 참으로 복잡했다. 가뜩이나 평소 모의고사 성적이 잘 나오지 않았던 터라 얼마 안 남은 시간에 괜히 안절부절못하며 독서실에서 애꿎은 머리카락만

쥐어뜯고 있었다.

이쪽을 둘러봐도 저쪽을 둘러봐도 누렇게 뜬 동지투성이라 정말 한숨만 푹푹 나오는 그녀였다.

'에이! 오늘따라 왜 이렇게 공부가 더 안 되는 거지? 정말 짜증 나.'

마음속 얘기를 구시렁거리며 미진은 엄지와 검지를 벌려 자신의 볼을 쭉 늘려봤다. 후-아 하고 심호흡도 크게 하고 두 팔을 위로 쭉 뻗어 늘려보기도 하고 눈초리를 양쪽 검지로 확 늘려 가자미눈을 만들어 보기도 하면서 별의별 방법을 취해 봐도 머릿속만 더욱 복잡해질 뿐이었다. 제풀에 지쳐 후! 하고 한숨을 쉰 미진은 왼손으로 턱을 고이고 잠시 눈을 감았다.

"미진아. 미진아!"

눈꺼풀이 잠시 파르르 떨렸다.

"미진아. 미진아!"

어머니였다. 작은 병원 건물에서 미화원으로 일하는 미진의 어머니가 수선화처럼 곱게 웃고 있었다. 양 볼에 수줍게 팬 보조개가 아가씨의 미소처럼 더욱 더 곱게 보이게 했다. 미진의 살포시 감은 눈동자 속에 어머니가 웃음 짓고 있다. 일곱 살 때 아버지가 화물 트럭에 교통사고를 당해 돌아가신 후 오로지 미진만 바라보고 살아온 어머니였다.

 고등학교를 졸업하자마자 아버지를 만나 바로 결혼을 한 탓에 변변한 직장 생활을 해보지 못해 별다른 기술이 없던 어머니인지라 혼자 미진을 키우면서 험한 일만 떠맡아가며 고생만 하고 살았다.

 미진을 따로 돌볼 사람이 없었고 너무 어렸기 때문에 어머니가 일할 시간이 제한이 있는 데다 특별한 기술은 없어서 돌아오는 일은 식당 서빙이나 설거지, 전단지 아르바이트 등 정도밖에는 없었다.

 하지만 고운 외모만큼이나 선한 성품을 지녔고 매사에 성실한 어머니는 어떤 일을 하더라도 최선을 다했고 미진에게는 그야말로 세상에서 가장 좋은 '우리 엄마'였다. 지금 일하고 있는 병원 미화원도 식당에서 일하는 어머니의 성실함을 줄곧 눈여겨본 병원 사무장이 특별히 채용할 만큼 어머니는 사람들의 인정을 받곤 했다.

 "미진아. 엄마는 우리 미진이가 대학 들어가서 공부하고 또 좋은 직장 취직하고 또… 좋은 남자 만나 행복하게 살았으면 소원이 없겠어."

 단칸방에 누워 잠을 청하는 밤이면 옆에 누운 미진의 이마며 볼을 쓰다듬으면서 어머니는 그렇게 말했다. 아버지 없이 자랐지만 밝고 싹싹한 성격이어서 오히려 의지할 수 있는 딸 미진을 어머니는 그렇게 아끼고 믿었다.

턱을 괴고 앉아 눈을 감고 있던 미진은 갑자기 어머니를 보고 싶다는 마음이 가득 밀려와 주섬주섬 책상을 정리하기 시작했다. 스프링 노트, 파란색 리넨 필통, 연필 모양의 지우개, 검은색 샤프, 알록달록 형광펜, 머리가 지끈거리는 수학 교과서와 참고서.

책상에 놓여 있던 공부의 흔적들을 가방에 모조리 쓸어 담고서는 벌떡 일어나 의자 등받이에 걸어놓은 교복 재킷을 서둘러 입었다.

누렇게 뜬 얼굴로 거의 몸살 직전인 독서실 친구들을 '동지 된 심정'으로 한번 훑어보고 미진은 독서실 유리 현관문을 힘껏 밀었다. 시원하면서도 쌀쌀한 바람이 교복 깃 속 가득 들어왔는데 어머니가 일하는 병원에 갈 생각이었다.

두 시간만 있으면 어머니 교대 시간이니까 돈을 조금 찾아서 병원 앞 단골 식당에서 뜨거운 콩나물국밥을 먹을 생각이었다. 미진은 고등학교 1학년, 2학년 때 패스트푸드점에서 아르바이트를 해 꼬박꼬박 저축한 돈이 통장에 있는데 아주 가끔 돈을 조금 찾아 어머니와 콩나물국밥을 먹는 게 최고의 행복이었다.

독서실에서 은행 현금 입출금기까지 가는 양쪽 길목에는 참 유혹들도 많다. 보글보글 끓는 빨간 국물에서 떡볶이가 살짝 뒤집어지며 맛있게 익어가고 저마다 반짝반짝 빛을 내는 귀여운 액세서리들이 가득 있는 가게, 화려한 빛깔의 옷들로 멋지게 둘린 마네킹이 우뚝 서 있는 옷 가게까지.

사고 싶은 것도 많고 먹고 싶은 것도 많은 열아홉 살 소녀 미진을 한껏 유혹하고 있었다.

하지만 미진은 언제나처럼 줄곧 앞만 보고 직진했다. 어차피 사지 못할 것, 욕심을 가져봤자 속만 상하니까 아예 보지 않는 것이 상책이니까. 스스로 최면을 걸듯 다짐하며 은행 현금입출금기 앞에 성공적으로 다다랐다. 이곳만 오면 뿌듯했다. 어머니에게 따뜻한 밥 한 그릇 사드릴 수 있는 자신이 기특하기도 해 콧노래가 나오는 곳이었다.

문을 열고 들어가는데 고등학생 또래의 남자아이들 두 명이 현금 입출금기 앞에서 출금하는 듯 열심이었다. 그 뒤에 줄을 서서 차례를 기다린 미진은 자신의 차례가 오자 입출금기에 현금카드를 넣고 출금할 금액을 숫자판에서 꾹꾹 눌렀다. 아까 그 남학생들은 그새 갔는지 보이질 않았다.

'엄마랑 먹을 밥값 만 이천 원, 그리고 들어갈 때 살 문제집 두 권 삼만 원. 음, 그러면 오만 원 찾고 남은 팔천 원은 엄마 드려야지.'

어차피 어머니는 그 돈을 다시 통장에 저축하겠지만 말이다. 차르륵! 요란한 지폐 세는 소리가 미진의 귀에는 언제나 시냇물 소리처럼 반갑고 맑다. 돈을 꺼내 지갑에 넣고 그 지갑을 가방에 다시 넣은 뒤 미진은 문을 열고 나왔다. 어머니를 빨리 보고 싶어 마음은 이미 벌써 병원이었다.

비가 오나 눈이 오나 일 년 365일 쉬지 않는 구두 수선 아저씨 가게를 지나 오른쪽 길로 꺾어지니 오늘따라 한산한 골목 풍경이었다. 다른 때는 초등학생 아이들이 시끌벅적 뛰어다니는 작은 놀이터도 꼬마 두 명이 그네를 타고 있을 뿐 조용했다.

미진은 음악을 들으면서 걷고 싶어 이어폰을 빼고자 어깨에 짊어진 가방을 빼서 가방 지퍼를 드르륵 열었다. 그때 미진의 뒤에서 뭔가 휙 소리가 나더니 누군가 가방을 빠르게 낚아채 달음박질을 쳤다. 아차! 소매치기다!

"소매치기에요! 소매치기! 좀 도와주세요! 아, 어떡해!"

입술까지 떨리며 얼굴이 하얗게 질린 미진은 전력을

다해 소매치기를 향해 뛰었지만, 너무 빠른 그를 잡기엔 역부족이었다. 더구나 오늘따라 한산한 골목은 미진을 구해 줄 사람조차 눈에 띄질 않았다. 뛰다가 발목이 꺾여 넘어진 미진이 "어떡해!"만 연발하며 어쩔 줄 몰라 하고 있을 때

"뭐야? 이 새끼!"

넋을 놓고 주저앉아 있는 미진이 고개를 들어 앞을 보는데 아까 그 소매치기와 어떤 남학생 한 명이 멱살을 잡은 채 격렬하게 싸우고 있었다. 그런데 소매치기가 한 명이 아니라 두 명이었다.

아! 저 애들은 아까 현금 입출금기 앞에 있던 그 남학생들!

소매치기 두 명과 한 명의 남학생이 거칠게 싸우고 있는 것을 멍하니 보고 있던 미진은 갑자기 벌떡 일어나서는 세 남자에게로 달려갔다. 아뿔싸! 한 명의 남학생 얼굴이 피투성이였다. 미진이 온 지도 모른 채 세 명의 남학생은 계속 치고받고 싸우고 있었다.

격투를 벌이다가 갑자기 한 명 남학생이 몸을 공중에 붕 날려서 소매치기들한테 이단옆차기를 했다. 영화 같

은 이단 옆차기에 얼굴을 차여 무방비로 바닥에 고꾸라져 있는 소매치기들은 일어나지도 못하면서 목에 두꺼운 핏대를 세우며 남학생에게 거친 욕을 하고 있었다.

"개새끼! 뭐 저런 새끼가 다 있어? 시발!"

"야! 너 이 새끼! 죽여 버린다!"

하지만 이단옆차기 남학생은 그런 것에 개의치 않고 그들 옆에 떨어져 있는 미진의 가방을 들어 먼지를 툭툭 털고서는 미진을 향해 천천히 얼굴을 돌렸다. 코에서는 코피가 줄줄 흐르고 있지만 무심하게 손등으로 코를 쓱 닦았다. 흠칫하는 미진.

쿵쾅쿵쾅!

미진의 가슴이 쿵쾅쿵쾅 세차게 방망이질 쳤다. 남학생의 얼굴만이 클로즈업되어 미진의 눈 안에 가득 들어왔다.

●

"효 아빠를 그렇게 만나셨군요."

"네, 그렇죠."

"거기서 끝난 게 아니라 모두 파출소로 가셨나요?"

"네, 그들의 싸움을 본 어떤 아주머니께서 신고하신 모양이에요. 경찰차와 경찰들이 와서 우리 모두를 파출소로 데려갔지요."

"그렇군요."

"골목에서 소매치기들과 싸움을 하고 있던 그 사람의 이름을 알게 되고 얼굴을 더욱 확실하게 본 게 파출소니까 우리가 처음 만난 장소는 파출소가 맞아요."

소꿉놀이를 하는 효와 아이들을 물끄러미 보며 이야기를 이어가는 미진의 콧날이 아름답다. 그래, 그렇게 만났구나. 효 아빠와는.

"제가 한눈에 반했던 것 같아요. 그 사람한테."

"그럴 수도 있지요. 남자가 늘 먼저 반하라는 법은 없으니까."

연우는 미진을 쳐다보며 씩 웃음 지었다. 활발한 그녀라면 그럴 수도 있었을 것 같다.

"그때 그 사람은 수능을 보지 않겠다고 마음먹고 방황하던 처지였어요. 본인의 부모님과 관계가 좋지 않았던 것 같아요. 사귀고 알았거든요."

"그렇군요."

"집은 무척 부유했는데 웬일인지 그 사람은 늘 우울했

어요. 저 같으면 행복했을 것 같은데요. 하긴 사람마다
다르겠죠?"

"그렇겠죠. 누구나 느끼는 행복의 기준은 다르니까
요."

"파출소에서 만난 이후로 우리는 자석에 끌리듯 매일
같이 만났고 많이 사랑했어요. 저에게만큼은 진실한 사
랑이었어요. 그 사람은 어떨지 이제는 알 수 없지만요."

이 대목을 이야기하며 신미진은 연우를 바라봤다. 눈
동자에 물이 가득 고여 있었다. 슬픈 눈동자를 보는 순
간 연우의 가슴에 찡하는 울림이 느껴지며 아픔이 전해
지는 것 같았다.

눈물을 보이기 싫은 듯 서둘러 고개를 돌린 그녀는 애
써 미소를 짓고는 이야기를 이어 나갔다.

"수능을 어렵게 치르고 나서도 우린 계속 만났어요.
그러다가 그만 효를 가지게 된 거예요. 정말 충격이었
지요. 어떻게 해야 할지 막막했으니까요."

"효 아빠 반응은 어땠어요? 효를 가졌다고 했을 때
요."

"휴……."

깊이 한숨을 쉬더니 미진은 이야기했다.

임신 소식을 듣고 당황한 효 아빠는 태도가 달라져서

미진을 하루 이틀 멀리하더니 나중에는 아예 미국으로 유학을 가버렸다는데 집이 부유하니 유학쯤은 대수롭지 않았겠지만, 서로를 진심으로 사랑했다고 느끼고 있던 미진에게는 죽음과도 같은 고통이었다고 했다.

그때가 임신 4개월, 정신을 차릴 수 없을 만큼 깊은 배신감에 자살 소동까지 벌이며 몸부림친 미진은 응급실에 실려 와서 응급조치를 받고 간신히 살아났다고 했다. 죽고 싶다는 생각만이 머리끝부터 발끝까지 휩싸여 있던 미진에게 갑자기 어머니의 모습이 들어왔는데, 응급실 의자에 웅크리고 앉아 작은 어깨를 떨며 숨죽여 흐느끼던 어머니를 보는 순간 견딜 수 없을 만큼 죄책감이 밀려왔다고 했다.

'어떻게 살아온 엄마인데… 나만 보고 살아온 불쌍한 엄마인데… 아이까지 가져 한 번 배신한 주제에 또 영원히 배신하려고 했다니… 도대체 난… '

자신의 괴로움만이 너무 크다고 착각한 나머지 어머니를 까맣게 잊고 있다가 다시 엄마의 존재를 깨닫는 순간 미진은 마음을 완전하게 달리 먹었다고 했다. 엄마와 아이를 위해 씩씩하게 살리라!

그 이후로 아이를 엄마에게 맡기고 자신이 일터로 나가 돈을 벌면서 세 모녀가 생활하며 자신과 같은 미혼모들을 위한 활동을 한다고 했다. 그중에서도 미혼모들이 세상의 편견과 무시에 굴하지 않고 자립하기 위해 아이와 함께 입주할 수 있는 공동주택을 짓고자 동호회와 구청을 연계한 모금 활동을 하고 있다고 힘을 줘 얘기했다.

"외국에서는 미혼모가 법률적인 과정을 힘들게 거치지 않더라도 국가가 나서서 미혼부 쪽에서 미혼모한테 강제로 양육비를 지급하도록 하고 있고 만약 양육비를 주지 않고 회피할 경우 미혼부의 여권 사용과 운전면허를 일시적으로 정지시키는 경우도 있다고 해요. 그런데 우리나라는 그런 것에 비교해 제도가 너무 열악해서 어떻게 말하기가 어려운 것 같아요."

그래도 지금은 효가 조금 커서 괜찮지만, 갓난아기 때는 너무 고생스러워 효 아빠를 순간순간 원망했지만 그런 생각은 잠시였고 합격했으나 포기했던 대학에 입학하기 위해 다시 공부하고 있다고 하는데 훗날 효에게 더욱더 당당한 엄마가 되고 싶다고 힘을 줘 말했다.

"얼마나 힘드셨어요. 어린 나이에. 그 나이면 친구들과 한창 놀러 다니고 예쁘게 꾸밀 나이인데요. 정말 대단하세요. 미진 씨, 진심입니다. 저는 서른이 넘었는데도 아직 제 몸 하나 제대로 추스르질 못하고 있거든요."

"아니에요. 내 마음에 따라 세상이 다르게 느껴지는 것이더라고요. 세상이 달라서 제 마음이 다르게 느껴지는 것이 아니라요. 전 효 엄마니까 강하게 살 겁니다."

'세상이 다른 게 아니라 내 마음이 다른 것이다… 이건 사회부에서도 다뤄야 할 내용이지. 너무 중요한.'

미진의 이야기를 꼼꼼하게 적은 취재 수첩을 덮어 펜과 함께 가방에 넣은 연우는 잠시 효와 꼬마들을 봤다. 잘 놀다가 다툼이 생겼는지 아이들이 웅성거리고 있었다. 효는 잔뜩 화가 났는지 벌떡 일어나서는 허리춤에 두 손까지 얹고 씩씩거리고 있었다. 대체 왜 화가 났을까?

"야! 아빠도 없는 게 까불고 있어!"

"뭐라고? 왜 내가 아빠가 없냐?"

"우리 엄마가 너 아빠 없고 엄마하고 할머니만 있다고 했어!"

"아니야! 우리 아빠 미국에 공부하러 갔어!"

"언제 오는데. 너희 아빠?"

"효 크면 올 거다!!!"

버럭 소리를 지른 효는 눈에 눈물이 그렁그렁 맺혀 입술까지 비죽거렸다. 연우 마음에 다시 한번 찡하는 울림이 아프게 느껴졌다.

●

“연우야! 연우야!”

놀이터에서 친구들과 놀고 있는 연우를 미희가 불렀다. 친구들과 놀이터 바닥에 쪼그리고 앉아 한창 소꿉놀이를 하는 연우는 미희가 가까이 왔는데도 느끼지 못한 듯 놀이에 집중하고 있었다.

아이들 놀이를 방해하지 않으려고 미희는 벤치에 가만히 앉아 연우를 봤다. 퀭한 눈, 헝클어진 머리, 하얗게 마른 입술, 창백한 뺨… 연우의 엄마 미희는 넋이 나간 듯 작게 몸을 모으고 앉아 있었다.

“아유~ 우리 아가는 참 춥겠구나?”

“왜요. 엄마?”

“이렇게 추운데 양말도 안 신고 샌들을 신고 있잖아. 아유~ 우리 아가, 엄마가 운동화 사줄게~ 우리 신발 가게 살까?”

샌들이라고? 맨발이라니?

벤치에 시체처럼 앉아있던 미희는 흠칫 놀라 눈을 크

게 뜨고 아이들과 연우를 번갈아 쳐다봤다. 아이들은 모두 두꺼운 겨울 운동화를 신고 있고 제법 두꺼운 코트까지 입고 있었다. 그런데 연우는 맨발, 샌들에 반소매 여름 치마를 입고 있다. 이게 도대체 뭐지?

쪼그리고 앉아 친구들과 도란도란 얘기하는 연우는 소꿉놀이 그릇으로 밥을 맛있게 냠냠 먹는 시늉을 하며 친구들과 놀이에 집중하고 있었다. 그 순간 미희의 눈에 벌컥 눈물이 담겼다.

'그래… 지금이… 지금이, 12월이구나… 12월…….'

그러다가 미희는 본인의 옷도 한번 살펴봤다. 역시나 8월 말 여름에 입었던 반소매 티셔츠, 반바지였다. 이럴 수가.

"연우야! 우리 아가! 연우야! 이리 온!"

미희가 연우를 크게 부르자 고개를 돌려 미희를 본 여섯 살 연우는 반가움에 눈웃음을 치며 달려왔다.

"엄~마~~"

"그래, 그래, 우리 아가…"

두 팔을 활짝 벌려 연우를 품에 꼭 안은 미희의 눈에 담겨있던 눈물이 주르륵 쏟아졌다. 작디작은 연우의 몸과 얼굴, 손이 얼음장같이 차가웠다. 그래서 미희는 더욱 가슴이 미어졌다. 우는 미희 얼굴을 물끄러미 보던 연

우는,

"엄마, 왜 울어? 응? 엄마 왜 울어?"

"응, 엄마가 추워서 울어. 추워서 울어. 연우야."

"추워서 울어. 엄마?"

"응. 엄마가 추워서 울어."

조그만 연우는 불쌍하다는 듯 미희 얼굴을 슬프게 바라보더니 이내 고사리같이 작은 손으로 미희의 두 손을 꼭 감쌌다. 아니, 감싼 게 아니라 붙들고 있다. 그러더니 조그만 입술을 동그랗게 모아 '후-우 후-우'하며 입김을 미희 손에 불었다.

그런 연우를 바라보며 미희는 더욱 흐느꼈다. 입김을 부느라 볼이 동그랗게 되었다가 꺼졌다가를 반복하는 연우는,

"엄마! 이제 안 추워? 연우가 호오 해주니까 안 추워 엄마?"

"응, 엄마 하나도 안 추워. 우리 연우가 호오 해줘서 하나도 안 추워. 안 추워서 더 눈물이 나."

벤치에 서로를 꼭 껴안고 한참을 앉아있는 모녀의 모습이 애잔했다.

연우의 엄마, 김미희였다.

알싸한 첫사랑

●

"언니! 언니!"

위에 철심이 뾰족뾰족 이어진 감색 철제 대문이 덜커
덩 흔들리며 끼익 소리와 함께 서둘러 열렸다. 미영이
다. 곧 넘어질 듯 급하게 뛰어왔다.

낡은 실금이 야금야금 걸어가는 콘크리트 바닥 마당
한 쪽에 있는 사각 모양 수돗가에서 세수를 하던 미희는
천천히 몸을 일으키며 동생을 보고서 활짝 웃었다. 위
앞니의 덧니 한 개가 살짝 드러났다.

원래도 흰 피부가 깨끗한 물을 머금어 반짝거리며 빛
이 나고 참빗으로 빗은 듯 숱이 보기 좋게 많은 겉눈썹
이 시원하게 웃는 입술을 더욱 반겼다.

미리 목에 걸어 둔 노란 색 세수수건으로 얼굴을 부드
럽게 누르면서 물기를 닦자 동생 미영은 갑자기 우뚝 서
서 미희를 쳐다봤다.

눈을 아주 가늘게 하고는 질투인지 무엇인지 뭔가 말
하고 싶은 눈빛으로 미희를 한참이나 노려보다가 순간
눈을 다시 번쩍 크게 뜨고서는

"언니! 언니는 왜 그렇게 생겼어?"

"뭐?"

"아니! 언니만 이쁘게 낳아주고 나는 이렇게 못생기게 낳아 줬잖아!"

"네가 못생겼다고?"

"그래!"

"누가 그러니? 우리 미영이가 못생겼다고?"

정말 이해가 되지 않는다는 듯 미희는 미간을 찡그리고 미영이를 쳐다봤다. 거짓이 아니라 열여덟 살 미희의 눈에 열다섯 살 미영이는 너무 귀엽고 예쁜 동생이었다.

성격이 좀 못되고 욕심이 많아 그렇지, 동그란 얼굴형에 깜박깜박 깜찍한 눈을 하고서는 버선 코 같이 앙증맞은 코에다 앵두처럼 빨갛고 조그만 입술은 꼬집고 싶을 정도로 귀엽기 때문이었다. '정말 귀여운 내 동생 미영이.'.

●

미희의 고향은 충청북도 청주다.

동네 사람들은 미희의 집안을 유교적 전통이 뿌리 깊

게 박힌, 전통 깊은 양반가라고 했다. 미희의 할아버지가 뒷짐을 지고 '흠' 헛기침을 하면서 대문을 열고 나오면 거리를 걷던 동네 사람들이 재빨리 달려 와서는 "아유, 영감 나으리, 나오셨슈~"라면서 허리를 연신 굽신거리며 인사를 했다.

그런데 참으로 이상한 건 할아버지 뒤통수에까지도 그렇게 굽신 거리며 인사하던 동네사람들은 할아버지 뒷모습이 엄지손가락만큼 작아질 때쯤이면, 손으로 뚜껑을 만들 듯 네모가 되게 다섯 손가락을 단단하게 딱 붙여서 편 다음 입을 옆으로 가리고 눈을 연신 굴리면서 옆 사람의 귀에 대고 수군거렸다.

"영감 나으리면 뭘 혀. 다 호랭이 담배 피우던 시절이지. 안 그려?"

"말하면 뭐 혀. 집구석에 쌀이 떨어져도 밤낮 글만 읽는다 하더구먼."

"지금이 워떤 세상인데, 양반은 얼어 죽을!"

"저 집 마님들이 고생이지 머."

"삯바느질에, 남의 농사 일 거들고. 아참! 저 집 애들이 공부를 그르케 잘 한다지?"

"맞어, 맞어! 다 잘하는데 특히 거기 큰 손녀가 엄청 잘 한다는구먼."

"마님이 애들 공부를 다 가르친다고 하잖어."

"큰 손녀가 얼굴도 공주님 같이 이쁘잖어 왜~"

남의 집 일에 무슨 할 말이 그렇게 많은 지 동네 사람들은 할아버지가 아예 보이지 않을 때까지도 미희 집안의 숟가락 개수까지 얘기할 것처럼 늘 말이 많았다.

할아버지가 멀어져 대문을 닫고 돌아설라치면 영락없이 수군거리는 목소리에 발바닥이 바닥에 딱 붙는 것 같았는데 어린 미희로서는 그런 모습들이 통 이해가 되지 않았다.

몰락한 양반.

하긴 시대가 바뀌었는데 다 고리타분한 옛날이야기다. 하지만 양반의 피는 속일 수 없는 지 할아버지와 할머니는 손자, 손녀들에게 공부는 물론 가정교육을 정말 열심히 시키셨고 미희의 어머니 또한 마찬가지로 학문이 뛰어나 틈을 내어 공부를 가르치곤 하셨다.

유교적 전통이 강하다고는 하지만 할머니와 어머니는 자식들이 서울말을 쓰도록 가르치셨고 당신들 또한 서울말을 쓰셨는데 할아버지는 손자, 손녀들에게 손수 서울말을 가르치지는 않으셨지만 암묵적 동의를 하셨는지 단 한 번도 싫은 내색을 하지 않으셨다.

미희의 아버지는 얼굴이 영화배우처럼 흰칠하게 잘 생

겼는데 성품은 얼굴과는 영 반대여서 공부의 '공'자는 인생에 전혀 없을 것처럼 동네에서 온갖 나쁜 양반 행세는 다하고 다녔다. '남하고 싸운다거나, 때리고 물건을 부수는 등' 기득권층의 쓰레기와 같은 근성을 부리며 하루라도 조용히 넘기는 날이 없었다.

하긴 말이 좋아 허울 좋은 양반, 기득권층이라고 했지만 미희의 눈에는 다 부질없고 가치 없는 모습이었다.

미희가 초등학교 5학년 때 할아버지가 돌아가셨는데 이어 1년 뒤에 할머니마저 돌아가셔서 미희 가족은 짐을 꾸려 서울로 터전을 옮겼다. 이유는, 그래도 작은 존경이라도 받던 할아버지와 할머니가 돌아가시니 말썽만 부리는 아버지만을 믿고 동네에서 살아가기에는 미래가 없었기 때문이었다.

손바닥만 한 땅 한 평도 없는데다가 밖의 일을 전혀 하지도 않고 해 본 적도 없는 아버지가 처자식 먹여 살리겠다고 남의 일을 선뜻 나서서 할 것도 아니었다. 고생하며 자식 넷을 키우고 교육하는 어머니가 경제적인 부분까지 모두 책임지자니 그건 또 어려운 일인지라 미희와 어머니는 오랜 고민 끝에 살림살이를 챙겨 서울에 가기로 결정했다.

서울에 가면 미희가 학교를 다니면서 할 수 있는 아르

바이트도 있겠고 어머니도 이것저것 알아보고 일을 하면 식구들 입에 풀칠은 면하지 않겠냐고 하셨다.

미희가 중학교 1학년으로 올라가는 겨울방학 때 낡고 초라한 짐을 꾸린 가족은 청주를 떠나 서울로 향했다.

작은 용달차 짐칸에 오빠와 미희가 앉았는데 이불 보따리에 기대고 앉은 미희는 형식적으로 굽신거리며 인사하는 동네 사람들과 고향 집, 그리고 산을 한 번도 돌아보지 않았다.

●

"학생, '젊은 베르테르의 슬픔' 좀 찾아 주겠어요? 그것참, 내 눈에는 안 보이네?"

"아, 네, 잠시만 기다리시겠어요? 여기 의자에 앉아 잠깐 쉬세요."

고개를 앞으로 쑥 빼고는 차렷 자세로 있는 책들이 정갈하게 꽂혀 있는 책장 여기저기를 부지런히 훑던 중년의 남자가 콧등을 한번 찡긋하다가 고개를 올려 미희에게 도움을 청했다. 목장갑을 끼고 짙은 갈색의 네 칸짜리 낡은 사다리 꼭대기에 올라 책장의 우두머리 층을 정리하던 미희가 서둘러 내려와서는 손님한테 파란색 플

라스틱 사각 의자를 권하며 웃었다.

웃을 때 예쁘게 드러나는 윗니의 덧니 한 개.

청초한 웃음이었다.

그 웃음을 보고 기분이 좋아졌는지 중년의 남자도 활짝 웃으며 "그럴까? 고마워요. 학생." 하면서 의자에 앉았다. 중학교 정문 앞 사거리 붉은 벽돌 건물 1층에 있는 '영진 서점'. 미희는 여기에서 월요일부터 토요일까지 매일 3시간씩 아르바이트를 하고 있다.

거창하게 아르바이트라고 하기보다는 같은 반 친구 아버지가 하시는 서점인데 어머니한테 조금이라도 도움을 드리고 싶어 중학교 2학년 4월부터 일을 하고 있다.

지금은 중학교 3학년. 날이 제법 쌀쌀해서 바깥에 나가면 기분 좋을 정도의 차가운 바람이 곧 올 겨울을 슬쩍 담아 얼굴에 부딪히곤 했다.

고등학교에 가려면 시험을 봐야 하니 일이 끝나도 서점 문을 닫고 한 시간 넘게 공부를 하고 가는 날이 많았다. 집에 가면 동생들도 있고 집안일도 도와야 해서 공부하기가 사실 참 어렵다. 서점에 남아 공부를 하려고 셔터를 내리고 있으면 동생 미영이가 셔터 밑으로 잽싸게 찾아 들어와서는 미희 옆에 딱 붙어 앉아 누런색 갱지에 그림을 그리느라 바빴다.

조금 귀찮기도 했지만 캄캄한 골목길을 혼자 걸어 들어가는 것보다는 동생과 함께 가는 것이 무서움이 덜 해 미희는 종알거리며 물어보는 미영의 다양한 질문에 최대한 답을 주곤 했다.

아 참, 젊은 베르테르의 슬픔을 찾아야지.

미희가 권한 의자에 앉은 중년 남자는 서점 내부를 꼼꼼하게 둘러봤다. 이전에 놓았던 자리에서 사다리를 들고 걸어가 저쪽 끝에 있는 책장 앞에 단단히 놓고서 미희는 하나둘까지 사다리 계단을 올라갔다.

젊은 베르테르의 슬픔.

음악다방 DJ가 레코드 판이 빼곡하게 꽂힌 진열장에서 순식간에 판을 찾듯 목장갑을 낀 오른손으로 솜씨 있게 책을 낚아챘다. 눈을 한 세 번 깜작할 시간에 책을 찾아 사다리를 내려오는 미희를 중년 남자는 존경의 눈빛으로 쳐다봤다.

"저, 손님, 말씀하신 책, 여기 있습니다."

미희는 덧니를 살짝 드러내고 웃으면서 중년 남자에게 다가와 두 손으로 공손하게 책을 건넸다. 책을 받자 중년 남지의 입이 함박만해지며 귀에 걸렸다. 뿌듯했다.

미희는 누구에겐가 도움을 줄 때 가장 기쁜데 마치 마음속에 옹달샘이 퐁퐁 차오르는 것처럼 그렇게 좋았다.

중년 남자에게 책을 건네고 원래 일하고 있던 책장 앞으로 사다리를 옮기고 있는데 서점 문이 벌컥 열리면서 누군가 뛰어 들어왔다. 어디서부터 뛰어온 건지 눈을 동그랗게 뜬 남학생이 사다리를 꼭 붙든 채 우뚝 서 있는 미희 앞에 다다르자 풀썩 쭈그리고 앉아 가쁜 숨을 고르느라 한참을 힘들어했다.

현우다.

미희가 다니고 있는 동네 작은 교회에 올봄부터 나오고 있는 친군데 시골에서 살다가 서울로 올라왔고 미희가 다니고 있는 여자 중학교에서 한 10분 거리에 있는 남자 중학교에 다니고 있다.

시골에서 살았는데 신기하게도 사투리를 쓰지 않았는데 미희도 고향 사투리를 고향에서도 원래 쓰지 않았는지라 별것도 아닌 거로 친하게 지내는 사이가 되었다. 그런데 둘의 공통점은 당황하면 사투리가 나온다는 거였다.

현우는 키가 174센티미터쯤 되는 키에 얼굴은 지나치지 않게 적당히 하얗고 손이 아주 예쁜, 조용하고 모범생티가 팍팍 나는 '깔끔한 인상'이었다. 특히 시원한 옷음이 매력이라고 생각되었는데 본인도 그걸 아는지 미희 앞에서는 웃기지 않은데도 괜히 웃곤 했다.

조용하지만 남자답다고 해야 하나?

어쨌든 미희는 그런 현우가 편하고 뭔가 의지도 되었는데 가끔 심장이 간질간질한 느낌을 받고는 했다. 그런 느낌은 오직 어머니, 동생들, 오빠만 생각하고 걱정하며 책임을 져야 하는 데다 원래부터도 이성에 별다른 관심이 없던 미희한테는 나름 대단한 사건이었다.

"미희야, 미희야, 집에, 집에 좀 가 봐!"

숨을 한참 고른 현우는 미희한테 손을 흔들면서 더듬거리며 말했다. 사다리를 붙들고 있던 미희는 그제야 손을 떼고 목장갑을 벗으면서 더욱 커진 눈으로 현우를 쳐다봤다. 그런데 아까 '젊은 베르테르의 슬픔'을 건네받은 중년의 남자가 의자에서 벌떡 일어나면서 현우를 불렀다.

"현우야!"

미희에게 손을 흔들며 더듬거리면서 말하던 현우는 깜짝 놀라 중년의 남자를 보면서

"어? 아버지!"

'응? 아버지라고?'

사다리 앞에서 인형처럼 서 있던 미희는 눈도 깜박이지 못하고 현우와 중년 남자를 번갈아 보다가 현우를 쳐다보며 이유를 묻는 듯했다. 현우는 중년 남자 팔을 살짝 잡고서는 미희 쪽을 보면서

"아! 미희야, 우리 아버지이셔."

현우의 얘기를 듣고 미희는 왼쪽 손에 꼈던 목장갑을 서둘러 뺀 후 아까 먼저 뺀 목장갑에 가지런하게 포개서 두 손으로 든 채 중년 남자 아니, 현우 아버지에게 90도로 고개를 푹 숙여 인사를 했다.

"아… 아저씨, 안녕하세요. 아까는 제가 미처 몰라서 인사를 못 드렸어요."

"아니 뭐, 허허허, 나도 몰랐는데요. 아니, 아니야, 몰랐는데, 뭐. 그러니까 나도 마찬가지지. 허허허."

현우 아버지는 입술을 양쪽으로 활짝 열어 사람 좋은 웃음을 웃으면서 당황하는 미희한테 연신 괜찮다고 했다.

그렇구나. 현우 웃음이 아버지를 똑 닮았구나…….

현우 아버지의 하얗고 가지런한 치아를 보며 잠깐 생각에 잠긴 미희한테 현우가 갑자기 외쳤다.

"아 참! 미희야, 집에 빨리 가 봐야 할 것 같아."

"집에?"

"응, 어머니가."

"우리 엄마가? 왜?"

어머니라는 말에 미희는 윗몸이 반사적으로 용수철처럼 번쩍 튕기듯 움직였다. 현우 아버지도 두 사람 옆으로 한껏 가까이 다가와 긴장하며 그다음 얘기를 재촉하듯 현우를 보며 고개를 아래위로 한번 흔들었다.

●

지은 지 30년도 넘은 계단식 아파트 1층에 미희의 집이 있다. 13평 아파트에 어머니, 아버지, 오빠, 미희, 여동생 미영, 남동생 민규 이렇게 여섯 명이 살고 있었다.

세상에…….

집에 도착해 안방 문을 열고 들어가니 마루와 방을 구분하는 높이가 있는 문지방 안쪽으로 검붉은 피가 옆으로 길고 섬뜩하게 고여 있었다. 미희 어머니는 안방 문입구와 기까운 위치에 쪼그리고 엎드린 채로 있고 저기 창문 쪽 윗목에는 동생 미영이와 막내 민규가 꼭 끌어안고 눈물, 콧물 범벅이 되어 훌쩍이고 있는데 오빠 민형은 어디 갔는지 보이지 않았다.

엎드려 있는 어머니의 얼굴 쪽에서 집중적으로 흐르는 피가 가늘게 한 줄로 이어져 문지방 안쪽에서 멈추고 있었다.

"엄마! 엄마! 괜찮아? 엄마!"

방문 앞에서 얼어붙은 듯 서 있는 현우와 현우 아버지를 뒤로하고 미희는 한달음에 달려가서 어머니의 양쪽 어깨를 조심스럽게 잡고 힘을 줬다. 어머니는 미희의 목소리를 듣고 움찔하다가 엎드린 채로 얼굴만 간신히 들었다.

미희가 크게 숨을 몰아쉰 후 어머니의 얼굴을 보니 입술이 다 터졌는데 아마도 맞을 때 이를 악물었는지 입술 안쪽 살이 두 군데 떨어져 나갔고 눈두덩이부터 눈 아래 광대뼈까지 피부가 솟아올라 부은 데다 양 쪽 뺨도 손톱으로 긁힌 건지 잡아 뜯은 건지 2센티미터는 족히 되는 상처가 세 개나 있었다.

헝클어진 어머니 머리카락을 헤쳐 보니 윗머리에도 찢긴 상처가 있었는데 얼굴과 머리에서 흐른 피의 양이 많아서 문지방 안쪽까지 타고 흐른 것이었다. 상태를 보니 아마도 좀 전까지 맞은 것 같다는 생각이 들었고 옷으로 가려 있어서 보이지 않지만, 몸 여기저기는 두들겨 맞아서 분명 엉망일 것이다.

아버지다.

미희가 없으니 미영이한테만 한바탕 화풀이를 하고 나갔을 것이다. 그래도 저녁밥은 먹고 나갔으리라.

●

아버지는 고향 청주에 있을 때도 온 동네를 돌아다니면서 사람들에게 싸움을 걸고 때리고 말썽을 일으키는 게 일과였다. 그런데 신기한 건 아침 식사를 하고 나갔다가 정확히 점심때 들어와서는 점심을 먹고 다시 나가서 저녁 식사 20분 전까지는 꼭 들어왔는데 어떻게 시간을 그렇게 정확히 맞춰서 움직이는지 늘 의문이었다.

거기에다 금쪽 손자라고 증조할아버지와 증조할머니가 애지중지해 세상 좋다는 보약, 한약은 죄다 먹었다고 하는데, 약의 힘도 더했는지 정말 건강했다. 그러니까 싸움을 하더라도 본인 건강을 그야말로 철저하게 챙기다 보니 남아도는 힘이 많아 툭하면 미희의 어머니를 때리고는 했다.

몸이 아담했던 미희 어머니는 가마솥에 밥을 짓다가도 맞고 막냇동생 젖을 먹이다가도 맞고 늘 배고픈 어린 자식들을 위해 가마솥 밥 위에 감자를 찌다가 감자가 익었는지 젓가락으로 찔러보다가도 맞았다.

아버지는 별 같지도 않은 이유를 대며 어머니를 때리고서는 미희와 미영이에게 꼭 소리를 지르며 화풀이를 하는 것으로 그날의 폭력을 마감하곤 했는데 오빠와 막냇동생 민규한테는 한 번도 소리를 지르지 않았다.

너무 안하무인이어서 할아버지한테까지 고래고래 소리를 지르며 대드니 가족 모두 건드리지 말자는 마음으로 쉬쉬하면서 살았는데 동네에서는 그래도 할아버지가 존경을 받고 있어서 미희 아버지가 사람을 때리고 다녀도 상대방이 눈 감아 주며 어찌어찌 억지로 지낸 청주 생활이었다.

서울에 오니 갑갑했는지 아버지의 폭력은 횟수가 잦아졌고 그럴 때마다 네 명의 어린 자식은 어머니가 행여 더 맞을까 봐 섣불리 나서서 말리지 말아야 했다. 그렇게 숨도 쉬지 않듯 조용히 있어야 아버지 스스로 분이 풀려 한 시간 난리 칠 걸 삼십 분에 끝내기 때문이었다.

미희는 궁금했다.

어머니는 잘못한 것도 없이 왜, 늘 폭행을 당하는 걸

까?

 아버지는 잘하는 게 정말 하나도 없는 사람인데 청주에서, 서울에서 그렇게도 세상 무서운 것 없이 제멋대로 사는 걸까?

 왜 우리는 말리지 못하고 그저 가만히 있어야 하는 걸까? 그러나 가장 궁금한 것은 이거였다.

 어머니는 아버지와 왜 이혼하지 않는 걸까?

 미희에게 어른의 세상은 너무 어려운 수학 문제와도 같이 이해되지 않는 일이 많았다.

 그렇게 피투성이가 된 어머니의 상체를 안고 있는 미희한테 현우 아버지가 달려와서는 병원부터 어서 가자고 했다. 만약 미희가 전혀 모르는 사람이었다면, 현우 아버지는 아버지를 당장 잡아갔을 것이다.

 현우와 현우 아버지의 도움으로 일단 어머니를 병원으로 옮기기 위해 집을 나서는데 마침 오빠가 들어와서 미영이와 민규를 부탁하고 미희는 병원으로 출발했다.

 무더웠던 여름이 바로 엊그제 같은데 어느새 두 뺨을 스치는 바람이 제법 쌀쌀했다. 응급실에는 다친 사람, 아픈 사람, 그 보호자들이 섞여 무척 부산했는데 보호자용 간이 의자도 보이지 않아 미희는 서 있을 수밖에 없었다.

응급실 침대에 누워 있는 '마른 어머니'를 한참 바라보는데 병원 원무과에 다녀온 현우와 현우 아버지가 미희가 서 있는 침대 반대편으로 가서는 미희 어머니를 역시 가만히 내려다 보았다.

"감사합니다. 함께 와 주셔서요."

"감사하긴, 현우 친군데 아저씨가 당연한 일 한 거여."

"오늘 내 주신 병원비는 서점에서 월급이 나오면 꼭 드리겠습니다. 정말 감사합니다."

진심이었다.

미희는 진심으로 감사했다.

사실 아버지에게 맞고 난 후 어머니가 병원에 와서 치료를 받은 건 생전 처음이었고 그런 처음을 현우와 현우 아버지가 해주신 거였다. 어머니가 그렇게 맞은 건 슬펐지만 이렇게 하얀 병원 침대에 누워 주사도 맞고 의사의 보살핌을 받는다는 게 대접받는 것 같아 벅찼다.

"미희야, 아저씨가 이런 얘기하긴 좀 그런데, 아버지 말이야."

"네, 아저씨."

"오늘 일만으로도 사실 아버지를 아저씨가 경찰서에

모시고 갈 수 있거든? 음… 그렇다는 얘기야, 아저씨는."

"아, 미희야, 우리 아버지가 형사이셔. 그러니까 너무 기분 나빠하지 말고. 아버지가 걱정되시니까 이런 말씀 하시는 거야."

'어… 맞다. 지난번에 아버지께서 형사라고 얘기했었지. 그래, 맞아.'

"그런데 아저씨가 참 어렵네. 완전히 모르는 남이라면 법대로 하면 되는데 미희가 우리 현우 친구니까 뭔가 정식으로 결정하기가 어려워."

수액을 맞고 잠든 어머니를 가운데 두고 세 사람 사이에 어색한 침묵이 흘렀다.

그렇지. 아버지가 어머니한테 하는 건 가정 폭력이니까. 경찰서에 끌려갔어도 몇 백 번은 갔을 거야.

"미희, 네 생각은 어때? 아저씨가 원래대로 하는 게 좋을까? 아니면… "

"아니에요. 어머니가 원하지 않으실 거예요. 어머니가 이렇게 병원에서 치료받으시는 것도 처음이고, 어머니 께어나시면 이야기를 해 봐야 할 것 같아요."

현우 아버지는 미희의 생각을 이해한다는 듯 고개를 크게 두 번 끄덕이고는 미희를 향해 짧은 미소를 지었다.

●

 현우 아버지는 경찰서에 급한 일이 생겨 병원에서 먼저 나가셨고 이후로 현우는 어머니와 미희 옆에서 두 시간여를 함께 있다가 집에 가기 위해 일어섰다. 병원 1층 현관문을 여니 아까와는 사뭇 다른 찬바람이 어깨를 깜짝 놀라게 하며 움츠리게 했다. 미희는 현우가 그런 자기 모습을 볼까 봐 어깨를 얼른 쭉 폈다.

 서점에서 일하다가 병원에 급히 오느라 얇은 긴 팔 티셔츠만 입고 있는 미희를 물끄러미 보던 현우가 입고 있던 파란색 체크무늬 남방셔츠를 벗어 미희 어깨에 가만히 둘러 주고는 양쪽 팔 부분을 잡아 풀어지지 않게 한 번 묶어 줬다.

 그리고 나서 흰색 긴 팔 면 티셔츠를 입은 현우는 목을 한 번 움찔하더니 미희를 보며 씩 웃었다.

 참 좋은 현우의 웃음.

"너 춥잖아."

"응, 조금 춥지만 난 집에 가잖아. 넌 병원에 있을 거고."

말수가 적은 현우는 늘 그렇게 과하지 않은 행동으로 미희를 지켜주는 '조용하지만 남자다운 친구'였다. 남자친구는 아니라고 생각하지만 아니, 남자친구는 아니지만, 미희의 마음 가득히 의지가 되는 좋은 친구 현우······.

병원 건물과 병원 공원이 연결된 잔디 속 돌길의 비뚤비뚤한 돌 하나씩을 사이좋게 나눠 가지런히 밟으면 저벅하고 들리는 돌과 신발이 만나는 소리, 사이가 유독 가까운 돌을 밟을 때면 수줍게 스치는 현우와 미희의 팔, 현우의 남방셔츠를 다시 추스를 때마다 미희의 목덜미에 느껴지는 차갑고 알싸한 늦은 밤의 차분한 공기,

설레는 듯
아닌 듯
까만 밤하늘의 별이 그런 현우와 미희를 내려다보며 미소 짓는 듯했다.

일요일 아침이었다. 교회 고등부 예배를 가려면 서둘러 넓어야지.

고등부는 중등부 예배 시간보다 한 시간이 일러 더욱 부지런히 움직이는 미희였다. 고등학교 2학년이 되니 무엇이든 시작 시각이 일렀다.

5층 아파트 베란다 중 유일하게 창틀이 안 되어 있는 집이 바로 미희의 집이었다. 여름은 괜찮은데 겨울에는 베란다 창문을 열기가 두려울 정도로 추운데 오늘은 3월 14일, 아직은 쌀쌀하지만, 저 멀리 도로 위에 아지랑이가 작게 몽글몽글 올라오는 봄이 반갑기만 했다.

미희는 큰 대야에 빨래 더미를 들고나와 바닥에 놓고서는 잠시 베란다에 기대어 아파트 앞산 초입에서 이제 슬슬 일어나려고 하는 띄엄띄엄 키 작은 아기 개나리를 보고 있었다.

아기들은 다 예뻐.

그런 미희를 쳐다보는 뒷모습이 있었다. 현우다.

미희는 세수하고 바로 나왔는지 얼굴이 말갛다. 그 얼굴을 보며 현우는 얼굴이 문득 붉어져서는 '흠!'하고 괜히 헛기침했다. 아기 개나리를 보고 있던 미희는 소리

나는 쪽으로 고개를 돌렸다.

"어? 현우야, 어쩐 일이야?"

평소와는 다르게 쭈뼛거리며 서 있는 현우가 낯설어 미희는 일부러 더욱더 반갑게 인사했다.

"응, 이거… "

"뭐야? 와~ 예쁘다!"

밝게 웃는 미희를 보고 새삼 용기가 나는지 현우는 베란다 쪽으로 아주 가까이 다가와서는 까치발을 조금 하고 베란다 위쪽으로 바구니를 건넸다. 예쁜 사탕 바구니였다. 사탕 한 알마다 빨강, 노랑, 파랑, 보라색 등의 셀로판지로 싸서 금색 리본으로 양쪽 귀를 묶은 사탕이 바구니 속에 너도, 나도 자리를 차지하고 있었다.

"이걸 네가 다 포장한 거야?"

얼굴이 붉어진 채 고개를 한번 살짝 끄덕이는 현우. 큰 손으로 셀로판지를 조그맣게 잘라 사탕 하나씩을 일일이 포장하고 금색 리본 줄은 더욱더 가늘게 잘라 양쪽을 묶었을 현우를 생각하니 미안하기도 하고 고맙기도 한 미희였다.

이럴 때 "뭐, 이런 걸 가져와."라고 하면 분위기가 어색해질 거야.

"와! 리본 묶는 건 난이도가 완전 높았겠다!"

"응, 맞아!"

미희의 장난기 있는 답을 듣고서야 긴장이 좀 풀리는지 현우는 예의 그 환하고 청결한 웃음을 웃었다. 봐도 또 봐도 참 좋은 현우 웃음. 현우 웃음을 보고 있으면 마음이 편안해졌다.

"고마워, 현우야. 정말이야."

사탕 바구니를 두 손으로 소중하게 들고는 착한 반달 눈으로 웃는 미희 얼굴을 멍하니 보다가 현우는 깜짝 놀라 허둥지둥 뒤돌아서 빠른 걸음으로 막 걷다가 삐끗했다.

"어, 어, 현우야, 조심해!"

"괜찮아, 나는. 안 넘어져!"

뛰어난 운동 신경으로 넘어지기 전에 몸의 중심을 잡은 현우는 뒤로 돌아선 채로 한쪽 팔을 번쩍 들고 손을 흔들며

"미희야, 간다!"

라고 소리치고는 뛰어갔다.

현우야, 그렇게 뛰면 넘어진다니까.

●

　미희가 이사 갔다는 소식을 교회 친구면서 동시에 학교 친구인 명혁이한테 들은 건 4월 14일이었다. 미희한테 화이트데이 사탕 바구니를 건네고 딱 한 달 뒤에. 어디로 이사 갔는지 아는 친구는 한 명도 없었다.

　현우는 학교 수업이 끝나자마자 책가방을 집어 들고는 집에도 들르지 않고 곧장 미희의 아파트로 뛰어갔는데 등 뒤에 땀이 흘러 면 티셔츠가 젖는 것도 모른 채 20분 거리를 7분 만에 뛰어갔다.

　미희의 베란다 앞에 도착하고서는 두 손을 양쪽 무릎에 짚고 상체를 숙여 헉헉 숨을 고르고 있는데 베란다 창문이 스르륵 열리며 기척이 들렸다. 고개를 들어서 보니 갓난아기를 업은 젊은 아주머니였다.

　아주머니는 베란다 빨랫줄에 걸린 아기의 흰색 면 기저귀를 오른손으로 한 장씩 걷어 왼쪽 팔에 착착 걸었다.

　미희네 베란다에 있던 큰 장독대 한 개, 중간 장독대 두 개, 제일 작은 장독대 한 개가 보이지 않았다. 큰 장독대 위에 늘 놓아두었던 분홍색 플라스틱 자은 대야도 보이지 않았다. 현우의 가슴이 쿵쿵 세차게 뛰며 어지러웠다. 하늘과 땅이 빙빙 도는 것처럼 마구 흔들렸다.

 아주머니가 기저귀를 다 걷어서 들어간 뒤 베란다 문을 '탁' 소리가 나게 닫을 때까지 현우는 발바닥이 바닥에 딱 붙은 듯 움직일 수가 없었다. 가슴 속에서 울컥거리며 매운 연기가 함부로 올라오는 것처럼 시큰하고 아프면서 눈에 눈물이 가득 차올랐다.

 아파트 앞산 초입에 한가득 모여 있는 키 작은 노란 개나리는 성큼 커서 아기 티를 벗고 있었다. 고등학교 2학년 현우와 미희처럼.

●

 13평 아파트를 담보로 잡아 친구의 보증을 선 게 잘못되어 아파트를 날린 미희 아버지는 이번에 기가 많이 꺾였는지 어머니와 자식들을 괴롭히지 않고 제법 조용한 하루하루를 보냈다. 고향 청주의 집과 할아버지가 조금 남겨 준 돈을 합쳐 서울의 13평 아파트를 간신히 얻은 거였는데 그 생명줄을 툭 끊어 버리듯 아버지는 정말 가뿐하게 전 재산을 날렸다.

 서점 주인인 친구 아버지한테만 간신히 인사하고 학교

친구들, 교회 친구들과는 단 한마디 인사도 하지 못하고 쫓기듯 산동네로 온 미희는 우울한 건지 아니면 허전한 건지 정체를 통 알 수 없는 기분에 휩싸여 몇 달을 보냈다.

새로 이사 온 산동네의 집은 위에 철심이 뾰족뾰족 이어진 감색 철제 대문을 열고 들어가면 낡은 실금이 야금야금 걸어가는 콘크리트 바닥 마당이 보이고 담벼락 안쪽 가장자리에는 어머니가 정성 들여 심은 가느다란 꽃밭이 'ㄷ'자로 이어져 있었다.

한 쪽 구석에는 사각 모양의 수돗가가 있어서 가족은 거기서 세수도 하고 머리도 감았는데 평수는 작아도 아파트에서 살다 온 터라 어린 동생들은 마당의 수돗가와 화장실을 특히 불편해했다.

고향 청주에서의 한옥 생활이 더 불편하면 했지, 편하지는 않았는데 서울 아파트에서 잠깐 지냈다고 편리한 동선에 익숙해졌으니 사람이란 참 간사한 것 같다.

미희는 이 동네에서도 운 좋게 서점에서 아르바이트를 곧 얻었는데 이전 동네 서점에서의 경험이 큰 도움이 되었다. 서점 주인은 60대 할머니였는데 부지런하고 친절하게 일하는 미희를 많이 예뻐해서 퇴근할 시간이 되면 동생들 주라고 과자 몇 봉지, 과일 한 봉지씩을 미희 손에 들려 보내고는 하셨다.

서점에서 집까지 올라가는 길은 네 번의 흙 비탈길과 그것과 별로 어울리지 않은 세 번의 시멘트 계단 길을 몇 차례 거치면서 25분 정도를 올라가야 했다. 봄, 여름에는 흙 비탈길을 지나 마지막 시멘트 계단을 밟을 때쯤이면 해가 완전하게 져서 저 멀리 까만 하늘에 둥그런 달이 높이 올라 있었다. 늦가을과 겨울부터는 서점 문을 나올 때 이미 까만 하늘이 미희를 맞았는데, 산동네로 올라 오는 길목에서 첫 번째 만나는 나무와 풀 냄새가 바람과 만나 미희 뺨을 살짝 스칠 때면 무엇인지 그리운 냄새여서 불쑥 슬퍼지고는 했다.

그 냄새는 이상하게도 현우의 체크 남방셔츠가 동시에 떠오르는 그리운 냄새였는데 그럴 때면 미희는 자기도 모르게 옷을 한 번씩 추스르며 '후-우'하고 숨을 내쉬었다.

아침부터 낮까지 동네 시장 안의 떡집에서 일하시는 어머니는 밤에 산동네 야학에서 아이들 공부 가르치는 일을 하셨다. 야학은 무료 봉사 차원의 일이었는데 산동네 아이들이 초등학교에 입학할 나이가 되었는데도 여러 이유로 학교를 가지 못해 한글을 알지 못하는 비율이 꽤 되다 보니 어머니와 동네의 대학교에 다니는 언니가 힘을 합해 만든 것이었다.

미희가 서점에서 일을 마치고 집으로 올라가는 길에서 계단 한 구간쯤 먼저 올라가고 있는 어머니를 가끔 만나고는 했는데 미희의 손에 과자 봉지가 들려 있는 것처럼 어머니의 손에는 떡 봉지가 들려 있었다. 반가운 마음에 미희가 "엄마, 같이 가~!"하고 소리치면 어머니는 잠시 뒤돌아 멈춰서 미소 지으며 미희를 바라보곤 하셨다.

"엄마, 오늘도 떡을 주셨어?"

"그래, 참 고맙지 뭐니. 오늘은 꿀떡을 많이 주셨어. 집에 반은 덜어 놓고 반은 야학에 가져 가서 아이들 먹여야겠다."

"그럼, 이 과자도 가져가서 떡이랑 먹여요."

검은 비닐봉지에 있는 세 봉지 과자 중 두 봉지를 아낌없이 꺼내 어머니에게 건네주면 부스럭 부스럭 소리를 듣고 먹을 것인지를 귀신같이 아는 초록색 대문 집 진돗개 똘이가 "멍멍! 컹컹!"짖느라 바빴다.

"암튼 똘이는 대단해. 호호호."

어머니와 미희가 서로 쳐다보며 활짝 웃는 사이에 달은 더 높이 올라가 외로운 산동네를 고맙게 비추고 있었다.

●

"엄마가 미안해, 미희야."

어머니는 미희의 두 손을 꼭 감싸고 눈물을 글썽이면서 미안하다는 말을 반복해서 했다. 미희는 이번에 서울 소재 썩 괜찮은 사립대학교에 합격했는데 사실 대학에 갈 수 있을 거라고는 생각하지 않았다. 아무리 고민해도 마음 편하게 대학을 갈 수 있는 상황이 아니었다.

세 살 위 오빠는 얼마 전 제대를 해서 대학에 복학했고, 동생 둘은 올해 고등학교 1학년, 중학교 1학년이 된다. 그런데 거기에다 지난 12월 10일에 아버지가 미끄러운 길에서 넘어져 허리와 다리를 심하게 다쳤는데 병원에서는 한 일 년 거동이 불편할 거라고 하면서 일상적인 작은 일조차도 가족이 도와줘야 한다고 했다.

오빠가 학생들 과외를 하고는 있지만, 본인 등록금 대기도 빠듯해서 어머니와 미희에게 오히려 도움을 받을 때가 많았다. 상황이 이러니 어머니 혼자 일하시면서 동생들 학비에 오빠와 미희 학비, 아버지 병원비, 생활비 등을 감당한다는 건 현실적으로 불가능했다.

그렇다고 미희가 대학에 장학생으로 합격한 것도 아니

어서 당장 어떻게 할 방법이 없었다. 동생들은 자기들도 아르바이트를 하겠다고 어머니한테 매일같이 떼를 썼지만 도리어 미희가 "너희는 공부나 착실히 해."라고 정색했는데 이유는 어릴 때부터 일하며 공부한다는 게 얼마나 힘들다는 걸 잘 알기 때문에 동생들만큼은 공부만 할 수 있도록 해주고 싶었기 때문이었다.

동생들은 내심 자기들 학비 때문에 미희가 대학을 포기한 거라고 생각이 들어서 겨울 방학 내내 코를 쭉 빠뜨리고는 미희에게 가까이 오지도 않고 빙빙 겉만 돌았다. 그런 동생들을 보자니 미희는 대학에 가지 않겠다가 아니라 정말 가기 싫어졌고 빨리 취직해서 가족을 돕고 싶은 마음이 풍선처럼 커졌다.

'그래, 지금 나한테 가장 중요한 건 엄마를 도와 가족을 책임지는 거야. 엄마가 만약 아프거나 잘못되기라도 하면 절대 안 되지!'

"대학에 가기 싫어서 안 가는 거야. 못 가는 게 아니라. 난 돈 벌고 싶어."
정말이었다.
얼마 전까지는 대학에 가고 싶었는데 이제는 막 가기

싫었다. 미희가 가족을 모아 놓고 정식으로 이렇게 말하고 나니 동생들은 그제야 졸아들었던 어깨를 뒤로 한껏 펴고는 미희 주위를 뱅글뱅글 겉도는 걸 끝냈다.

●

　은행 창구 의자에 앉은 남성 고객이 직원과 한참 상담을 하고 있었다. 고객은 다른 은행에 계좌가 있는데 이곳에서 새로운 정기적금 계좌를 개설하고 싶다고 했고 고등학교 수학 선생이라고 했다.

　상담하는 직원은 미희였다. 대학에 대한 꿈을 완전히 접고 은행에 입행했다. 보통 여상을 졸업하고 입행하는 것이 대부분인데 미희는 일반고임에도 워낙 우수한 성적과 담임 선생님과 교장 선생님의 강력한 추천까지 얻어 무난히 입행할 수 있었다.

　가족 앞에서 "정말 대학에 가기 싫은 거야."라고 했지만 아무리 그래도 마음속 깊이에는 캠퍼스에 대한 청아한 꿈이 있었다. 하지만 아련한 꿈도 입행과 동시에 첫월급을 받아 어머니에게 드릴 때 훨훨 날려 보냈는데 이제는 어머니를 더욱더 많이 도와 드릴 수 있고 귀여운 동생들이 돈 걱정을 옛날처럼 하지 않고 학교생활을 잘

할 수 있을 거라는 만족감 때문이었다.

첫 번째 월급의 벅찬 감동과 함께 어느덧 10년이라는 시간이 무던히도 흘렀다. 물론 기쁜 일만 있던 건 아니었다. 몸이 불편하지만, 가족 모두 간호를 열심히 해서 그래도 천천히 걸을 수 있게 된 아버지를 어머니가 부축해 고향 청주에 다녀오시다가 교통사고로 함께 돌아가셨다.

친지 결혼식 참석차 움직이신 거였는데 부모님이 탄 고속버스를 중앙선을 침범한 화물 트럭이 정면으로 들이받아 사고 현장에서 돌아가셨는데 그게 1년 전이었다.

아버지는 보증으로 아파트를 날리고 나서는 폭력을 거의 쓰지 않았다. 그리고 처음 허리를 다쳤을 때 의사가 한 말은 일 년 정도 환자가 고생할 거고 가족이 돌보면 된다더니 거의 10년 가까이 몸을 잘 못 써 가족 도움 없이는 산동네 집에서 밑으로 내려가지도 못했다.

그러니까 정확하게 말하자면 아버지는 어머니를 때릴 만한 몸 상태가 아니니까 못 때린 거였다. 때리지 않은 게 아니라.

평생 여자로서의 삶은 모두 포기하고 엄마로서의 삶에 헌신하신 대가로 말로 표현할 수 없는 고생만 하고 가신 어머니 생각에 한동안은 우울감에 빠져서 잠도 못 자고 밥도 못 먹으며 멍하게 지낸 미희였다.

그러나 어느 날 보니 오빠와 동생들이 마치 보호자 없는 강아지처럼 헤매면서 제대로 된 일상을 보내지 못하고 있었다. 정신이 번쩍 들었다.

어머니가 슬퍼하실 거야.

그래, 난 우리 어머니 딸인데, 가족을 지켜야 한다고.

그러잖아도 미희보다 세 살 위 오빠가 마음을 잡지 못해 오빠도 힘들어하고 미희 역시 대놓고 말은 하지 못해 더욱더 힘들었던 터였다.

오빠는 어릴 때부터 공부도 잘하고 성격도 상냥해서 동생들한테 큰 소리 한 번 내지 않고 어머니한테도 참 잘했다. 아버지가 워낙 거칠고 폭력적이니 오빠 스스로 '나라도 부드럽게 지내는 게 가족을 위하는 길'이라고 판단했던 것 같은데 성격 자체가 워낙 상냥했다.

어머니는 오히려 집안의 큰일은 미희와 의논하셨고 평소 잔잔한 위로는 오빠한테 받았기 때문에 어떨 때는 장남과 장녀가 바뀐 것 같은 혼란을 느끼기도 했지만, 미희 역시 자상한 오빠가 좋았기 때문에 큰 문제는 되지 않았다.

그런데 그런 오빠가 대학교 4학년 때 선을 보고 결혼을 했는데 딱 한 번 선을 보고 한 달 뒤 결혼식을 했다. 왜 그렇게 결혼을 서둘렀는지 당시에는 잘 몰랐지만, 가만히 생각해보면 두 가지 이유가 있었던 것 같다.

한 가지는 사실이고 한 가지는 미희의 짐작이었다.

하나는, 선을 본 여성, 그러니까 새언니다. 새언니가 오빠를 보고 한눈에 반해 본인 부모님께 빨리 결혼하겠다고 떼를 썼는데 이건 사실이었고 결혼식 비용도 새언니 측에서 모두 부담하겠으니 오빠와 결혼하고 싶다고 했는데 정말로 그렇게 했다.

또 하나는 미희의 짐작인데, 어머니의 생각이었던 같다.

오빠가 아무리 아르바이트를 해서 본인 학비를 번다해도 늘 부족해 어머니와 미희, 특히 미희가 자주 그것을 채워야 하니 어머니 입장에서는 미희에게 미안함을 느끼셨던 같다.

그런데 그때 마침 오빠와 같은 학교에 다니는 2학년 여학생이었던 새언니가 오빠한테 반해 어찌어찌 방법을 알아내어 본인 어머니를 통해 미희 어머니한테 선을 보게 해날라고 했던 것이다.

처음에는 그저 별생각을 하지 않고 선을 보게 했는데 새언니가 너무 적극적인 데다가 오빠를 빨리 결혼시키는 게 미희를 도와주는 길이라고 어머니가 판단했다는 생각이었다.

새언니는 오빠를 보고 한눈에 반했지만, 오빠는 반대로 새언니한테 아무런 이성적 감정을 느끼지 못했는데도 어머니의 생각을 알아채고 뜻에 따랐던 것 같다. 하지만 사랑하는 마음이 전혀 없이 한 결혼생활은 오빠한테 지속적인 고통을 줬는데 그래서인지 오빠는 원래의 상냥하고 자상한 성격을 잊은 것처럼 새언니에게 매사 무뚝뚝하고 통 관심을 주지 않아 부부 사이가 좋지 않아 늘 불안 불안했다.

남동생 민규는 대학교에 복학해서 2학년이 되었는데 딱히 하고 싶은 일도 없고 되고 싶은 것도 없어 무기력하니 말도 하지 않고 밖으로만 다니면서 어딘가에 자꾸 돈을 쓰고 다녔는데 일이 터진 다음에 알고 보니 어떤 친구의 꾐에 빠져 카지노를 들락거리며 많은 빚을 졌다.

도박에 빠지니 쫓아가서 화를 내며 끌고 와도, 눈물로 호소해도, 아니면 무시를 해도 도대체 그 진저리나는 늪에서 빠져나오지를 못했다.

오빠는 오빠대로, 남동생 민규는 민규대로 미희를 정

말 힘들게 했는데 월급을 받으면 도박 빚을 갚느라 바빴다. 그나마 오빠는 새언니가 늘 쫓아다니며 감시 아닌 감시를 하니 돈 문제로는 크게 속을 썩이진 않았다.

그래도 다행인 건 미영이가 착실한 사람을 만나 결혼도 하고 가정을 잘 꾸려가니 그게 미희한테 가장 큰 위안이었다. 미영이 남편, 그러니까 제부는 은행 고객이었는데 7급 공무원이었다. 3년을 한결같이 고객과 직원으로 만나 겪어보니 미영이와 잘 어울릴 것 같은 데다가 무엇보다도 미영이 성격을 있는 그대로 인정해줄 것이라는 믿음이 갔고 사람이 참 성실하니 책임감이 강해 가장 역할을 잘 할 거라는 확신이 들어 미영이를 소개해줬다.

미영이라도 고생하지 않고 잘 살았으면 하는 미희의 바람대로 둘은 5년 전에 결혼했고 사랑스러운 아이 둘을 낳아 사이좋게 사니 막힌 속이 확 뚫리는 것처럼 어깨가 쭉 펴지는 미희였다.

오빠와 동생들을 돌보느라 연애 한 번 하지 못하고 서른 살이 된 미희에게 그 사람이 그림자처럼 다가왔는데 나이는 35세, 이름은 이석경이었다.

석경은 멋지고 점잖고 자상했다.

처음 정기적금에 대해 상담을 했지만, 계좌를 개설하

지 않아 실질적인 은행 고객이 되지는 않았지만 미희에게 그건 아무런 문제가 되지 않았다.

상담한 이후로 석경은 이런저런 이유를 들어 미희를 찾아왔는데 그게 싫지가 않고 좋았다. 몇 번의 방문 뒤에는 밖에서 따로 만나 식사도 하고 커피도 마시면서 서로에 대한 마음을 키워 갔는데 특히 미희가 민규 문제로 고생할 때마다 발 벗고 나서서 도와줬고 오빠 때문에 불안할 때는 다독이면서 미희를 안심시켰다.

미희는 현실적으로 '남자한테도 의지할 수 있는 거구나.'라는 생각을 하게 되었고 그 생각을 하게 해 준 첫 남자가 석경인 것이 더욱더 기뻤다.

자연스럽게 연애를 하면서 미희는 결혼하고 싶다는 생각을 했다. 그동안 '나한테는 결혼이 사치지.'라는 생각을 했는데 한 남자를 좋아하고 또한 사랑받는다는 감정을 느끼니 결혼해서 예쁜 가정을 꾸리고 싶다는 마음이 둥실하고 떠올랐다.

결혼하면 행복할까?
그럼, 행복할 거야. 미영이처럼 나도 잘살 수 있겠지?
예쁜 아가 낳고 석경 씨하고 평생 사이좋게 살 거야.
은행 일은 계속해야겠지?

결혼하면 바로 엄마한테 가서 인사할 거야!

아, 정말 행복해. 이게 꿈이라면, 깨지 않았으면…….

집안의 힘들고 신경 쓰이는 일은 아직 많았고 미희가
가장 사랑하고 의지했던 어머니는 안 계셨지만, 석경이
있기에 마땅히 견딜 수 있는 날들이었다.

그렇게 석경과 함께 하는 다섯 달, 여섯 달의 시간이 흐
르면서 미희는 임신했다. 결혼식을 올리기도 전에 임신
한 게 덜컥 겁이 났지만 그래도 석경과 결혼할 것이기에
큰 걱정은 하지 않고 임신 자체를 받아들였다.

●

"여보세요, 이 석경 선생님 좀 바꿔 주시겠어요?"

"이 석경 선생님이요? 아, 지난주에 다른 학교로 전근
가셨습니다."

"네? 저… 죄송하지만, 전근 가신 학교, 알 수 있을까
요?"

"그건 알려 드리기가 좀 곤란합니다."

"네… 알겠습니다. 감사합니다."

미릿속이 그만 하얘지는 것 같았다.

석경과 연락도 안 되고 못 만난 지 벌써 3개월째였다. 임신 2개월 때 소식을 알렸고 임신 5개월이 꽉 찰 때까지 석경은 틈이 나지 않을 때면 은행에도 가끔 와서 단 몇 분이라도 얼굴을 보였고 아니면 밖에서 만나 저녁 식사도 하고 차도 마시면서 출산 이후의 결혼식 일정이나 결혼식 전에 혼인신고를 먼저 하는 일정 등을 얘기하곤 했다.

도대체 어떻게 된 걸까.

이제 9개월 차에 들어갔고 곧 출산이다. 은행 동료는 미희한테 육아휴직을 신청해야 하지 않느냐고 하는데 과연 어떤 게 옳은 선택일지 미희는 혼란스러웠다.

육아휴직을 하는 동안 석경을 찾아낼까?
만약 못 찾는다면?
퇴직하는 게 맞을까?

점심시간 차례가 되어 창구에 '팻말'을 놓고서도 골똘히 생각에 잠긴 미희는 은행 문을 열고 빠르게 걸어오는 미영을 미처 보지 못했다. 미희의 업무 창구 앞에 우뚝

선 미영은 눈을 가늘게 뜨고 미희를 노려보다가 '빽'하고 소리를 질렀다.

"언니!"

"앗, 깜짝이야! 어? 미영아!"

미영이가 노려보는지도 모르고 생각에 잠겨 있던 미희는 놀라서 상체를 반쯤 일으켰다. 미영의 눈에서 불길이 뿜어져 나오는 것 같았다. 뭔가 화낼 일이 있는 거야.

"언니, 점심 먹으러 안 가?"

"응? 그래, 가야지. 가자."

출산일을 약 한 달 되지 않게 남겨둔 미희는 무겁고 큰 배를 한 손으로 감싸고서는 한쪽 손으로 의자 팔걸이를 잡고 조심스레 일어났다. 가장 끝의 창구에 있는 입구에서 은행 로비로 몸을 힘들게 빼자마자 미영은 홱 돌아선 후 가슴 앞에서 팔짱을 엑스 자로 꼬고는 빠르게 걸어갔다.

뒤뚱거리며 따라 나오는 미희의 무릎이 한번 부르르 떨렸다. 마른 체형의 미희에게는 배가 유난히 커 보여 금방이라도 넘어질 것 같았다.

"뭐라고? 너 지금 뭐라고 했니?"

"그놈 소식 알았다고. 이석경 그놈 말이야!"

오래 걷는 게 힘든 미희가 선택한 은행 앞 설렁탕집.

미영과 같이 설렁탕을 시켜 한 숟가락 뜨다가 미희는 눈을 둥그렇게 뜨고는 일시 정지 상태로 미영을 쳐다봤다. 입으로 가던 숟가락이 테이블로 다시 내려갔다. 조금 전까지도 극심했던 허기가 단번에 사라지는 것 같았다.

"그놈이, 아니, 그 사람이 대학교 4학년 때 집안끼리 정혼한 여자가 있대, 원래. 그런데 그 여자가 미국으로 유학을 오래 갔다 오는 바람에 결혼이 계속 늦어지고 있다가 몇 달 전에 한국으로 왔다잖아."

"박사를 땄다나 어쨌다나. 암튼 그 사람보다 세 살 어리고, 오자마자 서둘러서 얼마 전에 결혼했대. 학교도 전근 가면서 신혼집도 학교 근처로 장만했고."

도대체 미영이가 지금 하는 얘기가 사실인지 아니면 지어낸 얘긴지, 꿈인지, 판단하기 어려울 정도로 미희는 혼란스러웠다. 얼굴이 빨개져서 숨도 쉬지 않고 얘기하는 미영의 입술만 뚫어지게 보고 있다가 미희는 갑자기 '웩'하고 헛구역질을 했다.

미희는 임신 초기에 그렇게 입덧으로 고생했는데 마치 그때 그것처럼 헛구역질이 멈추질 않아 손수건으로 입을 꽉 틀어막고 있다가 주위 사람들에게 눈치가 보여 힘들게 몸을 일으켜 식당 안의 화장실로 갔다.

헛구역질이 멈추고 상체를 드니 화장실 세면대 위에 있는 거울에 미희의 얼굴이 비쳤다. 파란 기까지 보이는 창백한 얼굴에 하나로 질끈 묶은 초라한 머리, 멍해 보이기까지 하는 눈, 그리고 쭉 갈라진 입술.

길거리를 걸으면 누구나 한 번씩 뒤돌아 다시 쳐다볼 만큼 빛이 나는 미인이었던 미희의 고운 얼굴은 빛을 잃은 듯 칙칙함만이 감싸고 있었다.

●

얼마 전 설렁탕집에서 한바탕 흥분했던 미영은 아이를 낳으면 이석경에게 주던지 아니면 보육원에 데려다줘야 한다고 짐을 싸고 있는 미희를 설득했다. 아니, 정확하게 얘기하자면 설득이 아니라 명령이었다.

"언니, 가뜩이나 쌍둥이잖아. 어쩌려고 그래? 그놈도 결혼했는데 어떻게 아이를 키우겠다는 거야? 그럼 언니 인생은?"

"미영아, 나도 그 사람한테 쫓아가서 따지고 싶어. 그런데 지금은 우리 아기를 무사히 낳는 게 중요한 것 같아. 아기 낳고 나서 생각하자."

"막상 낳으면 언니가 키울 생각이잖아!"

미희가 답답한지 미영이가 빽 소리를 지르자 짐을 싸
던 미희는 잠시 멈추고 눈물이 가득 고인 눈으로 미영이
를 보며 단호하게 얘기했다.

"미영아, 너도 엄마잖아. 엄마는 그런 거잖아. 알잖아.
언니도 정리할 수 있는 시간이 필요해. 우리, 일단, 아기
만 먼저 생각하자. 부탁해."

여러 이유로 병원에 가기가 어려워 미영의 집에서 출
산해야 했기에 조산사를 데려왔고 미희는 꼬박 하루하
고도 5시간을 진통한 끝에 쌍둥이를 낳았다. 딸 둘이었
다.

진통을 오래 하느라 지친 미희는 쌍둥이 얼굴을 보고
는 그만 실신했는데 얼마의 시간이 흘렀는지 눈을 떠 보
니 오른쪽 품에서만 아기가 젖을 먹고 있었다.

이상하다. 우리 아기는 두 명인데…

고개를 돌려 왼쪽을 봐도, 젖을 먹고 있는 아기를 팔로
함께 안고 일으켜 둘러봐도 아기가 없었다. 분명히 딸
둘이었는데, 분명히.

밤인지 미희와 아기가 있는 방의 전등은 꺼져 있고 창
문에는 가로등 불빛이 흩어져 있었다.

"미영아, 미영아!"

"미영아, 밖에 있니? 미영아!"

아기를 품에 안고 방문 쪽으로 기어가면서 미희는 미영을 불렀다. 아무리 불러도 대답이 없었다. 힘들게 방문까지 기어간 미희가 방문을 열자 찬바람이 휙 하고 미희와 아기의 얼굴에 닿았다.

흠칫 놀란 미희는 얼른 방문을 닫고 이불로 아기의 머리부터 온몸을 감싸 안고서는 다시 한번 방문을 열어 고개를 내밀고 눈을 움직여 바깥 마루를 이리저리 살폈다.

미희의 눈길이 멈춘 곳은 싱크대 옆 기둥 쪽.

미영이었다. 미영이가 기둥에 기대고 쪼그리고 앉아 훌쩍이고 있었다. 어깨까지 들썩이면서.

미영아, 무슨 일이야.

●

미희 품에 안긴 연우는 쌕쌕거리며 잠이 들었다. 달디단 아기의 콧바람 냄새.

이제는 하품도 제법 크게 하고 젖도 힘차게 빠는 연우를 보며 미희는 자꾸 코가 시큰해지면서 눈앞이 뿌옇게 되었다.

연우보다 조금 늦게 태어난 연하는 한 시간 만에 죽었다고 미영이 얘기했다. 아기가 몸이 약했는지 숨 호흡도 연우보다 너무 여렸는데 조산사가 애썼는데도 안타깝게도 그렇게 먼저 떠났다고 했다.

아기 연하는 청주 선산에 묻고 왔다고 하면서 미희의 몸조리가 끝나면 함께 가자고 미영이는 얘기하며 또 눈물 바람이었다.

그래, 그래야지. 우리 불쌍한 아기… 연하야…

석경과 마지막 얘기를 한 마디도 나누지 못한 채 헤어졌고 만난다면 그의 입을 통해 직접 듣고 싶은 얘기도 있었지만, 미희는 연하를 보내고 연우를 안음과 동시에 석경을 마음으로부터 밀어냈다.

석경을 만난 건 미희가 연우를 임신한 지 6개월 차에 들어갈 때 이후로 처음이었다. 아무런 말도 없이 석경이 사라지고 나서 미희는 한참을 정신이 나간 사람처럼 살았고 연우와 쌍둥이인 동생 연하를 잃는 등 힘든 일을 겪었지만 단 한 번도 석경을 찾지 않았다.

그러나 연우의 초등학교 입학 문제로 며칠 전 정말 어렵게 석경을 만났는데 그는 들었던 대로 결혼을 했었고 아들 한 명을 낳았다고 했다.

왜 결혼을 '했었다.'가 되었냐 하면 현재 그는 합의 이혼을 한 상태였다. 요란하게 결혼했으면서… 하지만 무엇보다 여자들의 인생 자체를 이렇게 우습게 아는 남자를 사랑했었다니…….

"미희야, 난 너와 결혼을 생각해 본 적이 한 번도 없어. 그냥 좋아서 만났을 뿐이야. 그렇다고 해서 꼭 결혼해야 하는 건 아니잖아. 그리고 난 아이를 가지라고 한 적이 없다고."

"석경 씨, 지난날 이야기는 전혀 하고 싶지 않아요. 의미도 가치도 없으니까요. 연우는 내가 키워요. 걱정하지 말아요. 그런데 우리 연우가 학교는 가야 하잖아요. 호적이 있어야 한다고요. 내 호적에는 올릴 수가 없는 거 알잖아요. 현실적으로."

"이제 와서 아이를 내 호적에 어떻게 올려? 나는 앞으로 재혼도 하지 말고 박살이 나라는 거잖아!"

"석경 씨가 나를 속인 거, 다 내려놓았어요. 그래서 숨죽이고 살았고요. 하지만 우리 연우를 위해서 나도 한 번은 독한 마음 먹으려고요. 죽일 테면 죽여요. 우리 연우를 사생아로 올려진 상태에서 평생 살게 할 수는 없다고요!"

미희의 귓가에서 현실이 아닌 듯 윙윙 환청이 들리는 것 같았다.

석경을 철석같이 믿고 사랑했던 만큼 원망도 컸지만, 미희는 연우를 평생 혼자 키우리라 다짐했기에 호적에 관련된 문제를 해결하기 위해 천지사방으로 알아봤다. 그러나 한국에서는 아버지가 없는 상태에서 낳은 자식을 혼자 키우는 엄마가 당당하게 살 수 있도록 법의 테두리 안에서 존중받으면서 따뜻하게 품어주는 제도는 없었다.

미희의 어머니, 아버지가 살아 계신다면 부모님의 호적에라도 올리는 최후의 방법이 있지만 돌아가셨으니 연우가 석경이 호적에 오르지 못하면 영원히 사생아가 될 수밖에 없었다.

'나 때문에 연우가… 반드시 방법을 찾아야 해. 죽는 한이 있어도!'

석경을 생각하면 답답하지만, 연우를 위해서도 만나기 싫은 석경과 씨름을 해야 하는 게 미희는 죽고 싶을 정도로 괴로웠다. 그렇게 미희를 다시금 세차게 흔든 겨울의 입구였다.

한때 사랑했다지만 다시 만난 그때는 그렇게 끔찍하고 싫었던 미희였다. 이후로 석경에게 연락을 취해도 감감무소식에 어쩌다 통화가 되면 "조금만 기다려. 해줄게."라는 말만 되풀이했는데 기다리고 실망하고 기다리고 실망하는 날의 연속이었다.

그런데 더 기다릴 수 없어 다시 한번 석경과 맞닥뜨려야 했는데 연우가 여덟 살 때 그러니까, 아홉 살이 되는 겨울이었다. 호적 문제가 해결되지 않아 초등학교에 입학하지 못했는데 엄마 손을 잡고 빨간 가방을 멘 또래 아이들이 조잘대며 학교로 등교하는 시간이면 연우는 책상 밑으로 들어가 쪼그리고 앉아 양쪽 무릎에 얼굴을 파묻고 한참을 나오지 않았다.

하지만 연우는 떼를 쓰며 울거나 "왜 나는 학교에 안 가?"라고 묻지 않았는데 그게 미희의 마음을 더욱 더 아프게 했다. 어떻게든 결판을 내야만 했다.

●

"정말 이제는 안 된다고요! 나랑 같이 가요!"
"어딜 가! 난 못 가!"
미희는 석경이 근무하는 학교 정문에서 기다리고 있다

가 선생님들과 함께 퇴근하는 석경을 본 순간 냅다 뛰어가서는 팔을 꽉 잡고 놓지 않았다. 생각지도 않던 미희의 방문보다는 그렇게 세차게 팔을 잡는 미희의 모습에 깜짝 놀란 석경은 두리번거리며 주위 선생님들의 눈치를 보더니 "네, 네, 선생님들 먼저 가십시오. 네, 네." 하며 당황한 듯 어색한 웃음을 흘렸다.

선생님들이 학교 정문을 빠져나가는 걸 본 석경은 그제야 미희의 손을 확 떼어 내면서 화를 냈다.

"지금, 제정신이야?"

"네, 제정신 아니에요. 그러니까 같이 가요."

"이 여자가! 진짜!"

"연우 호적 올리면 당신, 다시 안 찾아와요. 그러니까 빨리 가요."

"아유! 진짜! 짜증 나서!"

"끝까지 이러면 나, 교장실로 갈 거고요."

"뭐라고? 이 여자가 정말 미쳤나?"

그러더니 미희는 정말 몸을 돌려 학교 안쪽으로 마구 뛰어갔다. 놀란 석경은 미희를 쫓아가서는 어깨를 힘껏 낚아챘는데 그 힘에 흔들려 미희는 운동장 놀이터 모래 바닥에 넘어지면서 시멘트 가장자리에 오른쪽 무릎을 꽝 소리가 나게 부딪치며 넘어졌다.

하지만 그대로 벌떡 일어나서는 학교 본관을 향해 또 뛰기 시작했고 석경은 그런 미희를 잡으려고 "야! 김미희! 너, 거기 서!"라고 소리를 지르며 쫓아 왔다.

치마를 입은 미희의 오른쪽 무릎은 살이 많이 까져서 검붉은 피가 퐁퐁 솟고 있는데 그저 입을 꾹 다물고 뛰었다. 울지 않으려고 하는데 자꾸만 눈물이 나왔다.

●

"선생님, 안녕하세요. 이연우 엄마입니다. 연우가 일 년 늦게 입학했지만 잘 부탁드립니다."

양 갈래로 머리를 예쁘게 묶고 빨간 가방을 등에 메고 서는 미희의 손을 꼭 잡고 초등학교 교장실에 들어온 연우는 교장 선생님께 배꼽 인사를 공손하게 하며 아주 작은 목소리로 "이연우입니다."라고 인사를 했다. 머리카락을 묶은 노란 리본이 찰랑거리며 연우의 귀를 간지럽혔다.

연우가 또래 보다 한 살 어린 동생들과 함께 1학년이 된, 아지랑이가 몽글몽글 일어나려고 하는 3월이었다.

골목길에서의 폭행

●

"아악!"

"야 이 년아! 너는 두들겨 맞아도 싸!"

서른 살이 좀 넘었을까 한 남자 한 명이 미희를 발로 마구 차고 쓰러뜨렸다. 다리가 풀리면서 마룻바닥에 쓰러진 미희의 멱살을 다시 한 손으로 꽉 움켜잡아 질질 끌어 일으켜서는 사정 없이 뺨을 후려쳤다.

미희의 얼굴이 반대편으로 확 돌아가면서 다시 바닥으로 철퍼덕하고 쓰러졌다. 길길이 뛰며 난리를 치는 남자 옆에 그보다 서너 살 쯤 많을까? 여자가 팔짱을 끼고서는 멱살을 잡혀 일어났다 쓰러지고 또다시 멱살을 잡혀 일어났다가 발로 차면 쓰러지는 미희를 고스란히 보면서 비웃었다.

석경이 결혼했던, 현재는 이혼한 전처의 남동생과 여동생이었다.

어느 날 갑자기 석경 자식으로 호적에 올라온 연우를 찾아 여기까지 온 건데, 석경과 전처가 이혼할 때 어떤 이유로 이혼했는지, 지금은 어떤지 아무것도 알 수 없지만 이혼했다는 분풀이를 아마도 미희한테 모두 퍼붓고 싶었으리라.

그리고 이혼 이유 중 미희도 있을 거라고 오해할 수도 있을 것이다.

나라도 당연히 화가 날 거야.

내가 얼마나 밉겠어…….

미희는 마루 저쪽부터 마루 이쪽까지 힘없는 짐승처럼 마구 끌려다니며 맞는데도 입을 꾹 다물고 있었다. 마치, 맞아서 석경과의 기억이 다 없어질 수 있다면 죽을 때까지도 맞겠다는 듯이.

뺨을 하도 맞아서 입술은 다 터져 피가 흐르고 휘어 잡힌 머리채가 한주먹은 족히 빠져서 마루 문 입구 쪽에 함부로 굴러가 있었다. 한쪽 눈두덩은 퉁퉁 부어 붉다 못해 이제는 퍼런 멍이 올라오기 직전이고 오른쪽 팔은 넘어지면서 접질렸는지 펴지를 못했다.

"쟤를 보육원에 보내요! 아니지, 아니야, 이미 호적에 있는데 보낸다고 뭐가 달라지나? 아유! 짜증 나!"

여자는 자기 머리를 잡고 막 흔들면서 신경질을 부리다가 고개를 확 돌려 방의 문고리를 잡고 서 있는 연우를 죽일 듯이 노려봤다. 손가락이 하얗게 되도록 온 힘을 다해 문고리를 꽉 잡고 미희를 보고 있는 연우의 작은 몸이 바들바들 떨렸다.

"저는 용서하지 마세요. 하지만 우리 연우는, 내 딸은 용서해 줘요. 연우는 아무 잘못이 없잖아요. 당신들 만날 일도, 이석경 씨 만날 일도 앞으로 없어요. 연우하고 평생 조용히 살 테니 나만 미워해요. 제발… "

미희는 몸을 일으켜 앉아 여자와 남자를 올려다보며 터진 입술을 간신히 벌려 또박또박 얘기했다. 문고리를 잡고 떨고 있던 연우는 문지방을 박차고 뛰어나와 온 몸으로 미희를 감싸 안았다. 눈을 꼭 감으니 연우의 몸이 빙글빙글 도는 것 같다.

"아이하고 당신하고 다시 눈앞에 보이면 그때는 정말 죽을 줄 알아!"

여자와 남자는 끌어안고 있는 미희와 연우에게 한바탕 욕설을 퍼붓고는 마루에 있는 책을 미희 등에 집어 던지고 신었던 신발 그대로 마루 문을 쾅 차고 나갔다. 연우가 미희의 등을 천천히 쓸어 줬다.

벌써 달이 떴는지 연노란 달빛이 연우와 미희를 둥그렇게 안았다.

●

미희와 연우가 이번에 이사 온 집은 일곱 가구가 옆으로 쭉 모여 사는 대문이 없는 집이었다. 방 한 칸에 부엌이 달려 있고 아래는 철제로 위에는 불투명 유리로 된 부엌에 있는 문이 각 집의 현관문이자 대문이었는데 그 문을 열면 바로 골목이었고 화장실은 공동으로 썼다.

미영이도 꽤 잘 살지만, 전혀 도움을 청하지 않는 이유는 쌍둥이가 배 속에 있을 때 했던 입양 얘기도 있었고 그 밖의 여러 이유가 있었지만 가장 큰 이유는 연우를 좋아하지 않기 때문이었다.

오빠는 여전히 가정에 정을 못 붙이고 겉돌아 부부 사이가 좋지 않은 데다 남동생 민규는 얼마 전에야 도박빚을 다 갚고 이제는 하루 벌어 하루 먹고 사느라 바쁘니 아예 왕래하지 않았다.

하지만 그 모든 걸 떠나서 형제들은 미희의 인생을 망친 게 이석경이라는 생각이 확고했고 그 이석경의 딸이 연우여서, 연우를 미워하는 마음이 깊은 게 미희가 형제를 만나지 않는 이유였다. 그래서 아무리 힘들어도 혼자서 견디며 살았다.

미희는 늘 약을 먹었다. 신경안정제였다.

약을 먹지 않으면 불안했고 잠을 잘 수 없었다. 연우를 생각해서라도 약을 먹지 말아야 하는데 모순되게도 연우를 키워야 하니 더욱 먹을 수밖에 없었다. 멀쩡하게 있다가 형체를 알 수 없는 불안함이 갑자기 마음을 휘갈기면 몸까지 휘청거려 무서웠고 그렇게 정신이 없을 때 누군가 연우를 데려갈까 봐 너무 두려웠다.

그래서 그 두려움을 빨리 쫓아내고 싶어 약을 먹을 수밖에 없었다.

그렇게 미칠 것 같고 죽을 것 같은 공포는 시도 때도 없이 찾아왔는데 갑작스러운 공포와 불안함이 닥칠 때면 가슴 속에 불덩이가 들어차 있는 것처럼 뜨거워서 견딜 수 없었고 그럴 때면 미희는 자다가도 벌떡 일어나서 찬바람을 쐬러 밖으로 나가야 했다.

그날 밤도 그랬다.

시계는 새벽 한 시를 지나 있었고 연우는 옆에서 자고 있는데 미희의 가슴 속에서 또 불덩이가 치밀어 오르면서 공포감이 거세게 밀려와 도저히 누워 있을 수 없었다.

연우가 깰까 봐 전등을 켜지 않고 일어나서는 방안을 서성이다가 물을 마시고 다시 앉았다가 누웠다가 또다시 일어나서 방을 서성여도 불덩이가 식지 않고 목구멍까지 꽉 차오르면서 더욱더 답답해졌다.

주먹으로 가슴을 팡팡 두드려도, 제자리에서 빨리 걷기를 해도 되지 않았다. 이렇게 힘들 때 신경안정제를 먹지 않고 견뎌봐야지 하다가 도저히 안 되어서 밖으로 뛰쳐나갔다.

연우가 혼자 자고 있으니 골목에서 찬바람만 조금 맞고 들어 와야겠다는 생각이었다. 열이 내려오지 않으니 반소매 티셔츠에 반바지만 입고 방문을 조심스럽게 닫고 나가 부엌 현관문을 몇 번 확인하여 잠근 뒤 좌우를 살피다가 오른쪽 골목으로 몸을 틀어 천천히 걸어갔다.

차가운 밖의 바람이 온 감각을 통해 들어오니 가슴 속 불덩이가 조금 식으면서 불안하고 초조했던 마음도 안정이 되는 것 같았다. 골목 드문드문 희미하게 켜진 희미하고 노란 불빛의 작은 가로등 중 불빛이 없는 가로등 밑을 막 지날 때였다.

뒤에서 갑자기 누군가 미희의 입을 억센 손바닥으로 꽉 눌러 막으면서 한쪽 팔로 숨이 막히도록 목을 감아서는 골목 끝에서 마지막으로 꺾어지는 가늘고 막다른 공간까지 끌고 가는 거였다.

미희는 다리와 팔을 걸박히게 버둥거리면서 소리를 지

르려고 해도 우악스러운 손바닥에 완전하게 눌려 숨소리 하나 새어 나오지 않았다. 그곳은 누구한테도 미희가 보이지 않을 아무것도 보이지 않는, 검은 어둠만이 있었다.

필사적으로 몸부림을 치다가 미희는 입을 누르고 있는 남자의 손바닥 가장자리를 이로 꽉 물었다. 남자는 '왝!'하고 아주 짧은 비명을 지른 후 물리지 않은 손으로 미희의 목덜미를 꽉 움켜쥔 다음 몸을 힘껏 들어 길바닥에 냅다 던졌다.

"이 년이! 죽어라, 이 년아!"

남자는 바닥에 엎어져 있는 미희를 한쪽 발로 확 밀어서는 배를 사정없이 걷어찼다. 손을 물린 게 영 분이 풀리지 않았는지 한 번, 두 번, 세 번, 멈추지 않고 걷어찼다. 그러더니 미희의 머리카락을 우악스럽게 움켜쥐고 번쩍 들어서는 뺨을 쉴 새 없이 때렸다.

씩씩거리며 그렇게 미친 듯이 때리던 남자는 미희가 몸이 축 늘어져 숨도 쉬지 않자 위로 한껏 올리던 주먹을 슬쩍 내리고는 주위를 두리번거렸다.

그때 꺾어져 들어오는 골목 처음 부근에서 누군가 창문을 드르륵 열며 "누구야!"라고 소리를 지르자 "에이, 시발!"이라고 낮게 혼잣말을 하며 미희를 바닥에 다시

던지고는 골목 반대편으로 잽싸게 도망갔다.

'호로록, 삑, 삑!' 하는 호루라기 소리와 함께 손전등의 하얀 불빛이 위로 올라갔다 내려갔다 흔들리며 미희에게로 뛰어왔다. 불빛의 여운에 피투성이가 된 미희의 얼굴이 잠시 보였다 사라졌다.

연우가 초등학교 5학년 때였다.

●

"안타깝지만, 장례를 준비하셔야 할 것 같습니다."

"선생님, 조금만 더 애써 주시면 안 될까요? 선생님, 흑흑흑."

"오늘이 아마도 마지막 고비가 될 것 같습니다. 가망이 없어요."

"그래도 선생님… "

"언니분은요, 총체적 난국입니다."

캄캄한 골목길에서 당한 무지막지한 폭행으로 미희는 병원 응급실에 실려 왔는데 장 파열이 되어 긴급 수술을 받고 중환자실에서 치료를 받으면서 위기를 넘기는 듯했지만 열흘이 되도록 의식이 돌아오질 않았다.

의사가 말한 '총제석 난국'에는 미희의 몸 싱태가 여러 모로 심각하다는 의미였는데, 가깝게는 현재 병원에 온 직접적 원인인 장 파열 외에도 검사 결과, 심부전, 고혈압, 간 기능 장애, 영양결핍이 있었고 난산 후 산후조리를 제대로 하지 못한 후유증으로 자궁 건강부터 관절까지 온전한 곳이 없다고 했다.

거기에 신경안정제의 장기적인 복용으로 인한 부작용으로 원래 좋지 않았던 간 기능이 더욱 악화하였기 때문에 몸 상태가 계속된 악순환의 연속이었을 거라고 얘기했다.

미희는 노산인 데다가 난산일 가능성이 높아 제왕절개 수술을 해야 했을 텐데 여러 이유로 조산사의 도움을 받아 집에서 쌍둥이를 낳았는데 너무 힘든 출산이었다. 그런데도 연하를 잃고 혼자 연우를 키울 방안을 마련해야 했기에 산후조리는 감히 생각도 못 했었다.

거기에 미희의 지난날은 또 어땠는가?

어려서부터 어머니를 도와 '어린 가장'이 되어 끊이지 않는 스트레스와 일 속에서 살아야 했고 부모님의 갑작스러운 사고와 사망, 오빠 문제, 남동생 문제 등 산 넘어 산이었다. 그러다가 이석경을 만나 행복한 가정을 꾸리는 꿈을 안았지만 이어지는 처참한 상황 속에서 연우를 전적으로 보호하며 키워야 하는 '미혼모'가 되었다.

114

마지막 고비가 될 것 같다는 의사의 말에 어린 연우는 병원 중환자실 앞 복도 대기 의자에 앉아 눈을 감고 가만히 두 손을 모았다.

'하나님, 불쌍한 우리 엄마, 살려 주세요.'

눈을 감으니 몇 달 전 일이 마치 꿈결처럼 스쳐 갔다.

연우는 미희 손을 잡고 예배당의 기다란 의자에 나란히 앉아 강대상 뒤 십자가를 보고 있었다. 미희 옆에는 작은 가방 두 개가 있는데, 오늘 오후에 이석경 전처의 여동생 부부가 집으로 갑자기 찾아와서는 연우를 데려가겠다고 한바탕 난리를 폈다.

시끄러운 소리를 들은 집주인 아저씨가 와서 화를 내는 바람에 여동생 부부는 쫓기듯 자리를 떴지만 불안해진 미희는 서둘러 짐을 싸서 연우를 데리고 그 집에서 나왔고 나오는 길에 부동산에 들러 급하게 방을 내놓는다며 빨리 다른 사람이 계약할 수 있도록 해달라고 부탁했다.

보증금이 아주 작은, 부엌 달린 방 한 칸에 주로 살았기 때문에 똑같이 어려운 사람들이 방을 급하게 구하던 때였다.

짐이라고 해 봤자 작은 가방 두 개.

그렇게 급하게 이사를 온 집이 바로 일곱 집이 쭉 모여 사는 골목길의 지금 집이었다.

이석경 전처 동생들이 화풀이하려고 미희와 연우를 찾아내 수시로 찾아와서 이사를 자주 다녀야 했기 때문에 짐은 늘 간단했다.

그 사람들은 이상하게도 연우의 학교로는 찾아오지 않았는데 왜 그런지 이유는 알 수 없었다. 그런 일이 있을 때면 미희는 짐을 싸서 나와 일단 음식점에 가서 연우한테 불고기를 실컷 먹이고서는 가까운 교회에 함께 갔다.

교회는 매일 밤 '철야 예배'라고 해서 자정 넘어서까지 예배를 드리고 새벽 기도 시간인 새벽 다섯 시까지 교인들이 자유롭게 기도할 수 있도록 예배당을 개방했다.

힘든 밤이 몇 밤이 될지 모르기 때문에 미희는 연우에게 일단 잘 먹여서 그 시간을 조금이라도 견딜 수 있게 했고 모녀에게는 늘 안전하고 고마운 안식처였던 예배당 그 의자에서 미희는 소리 없이 울면서 기도를 했는데 그런 미희를 보며 연우는 함께 잠을 자지 않고 작은 손을 모아 서툰 기도를 했다.

미희 가족이 청주에서 살 때 동네에 작은 예배당이 있

었다. 미희가 열한 살 때 처음 갔는데 할아버지 목사님
이 성경 이야기를 어찌나 재미있게 하시던지 그때부터
교회에 나가기 시작해서 청주를 떠날 때는 가족 모두가
교회에 다니고 있었다.

서울에 와서도 미희는 주일 예배, 새벽 기도 등을 열심
히 다니면서 마음속 깊이 신앙을 다져 나갔다.

어디서건 연우는 미희의 가방을 뺏어서 가방끈을 왼쪽
어깨부터 오른쪽 허리까지 대각선으로 메고는 미희의
손을 잡고 씩씩하게 걸어갔고, 힘들면 공원 벤치에 나
란히 앉아 미리 사놓은 김밥 두 줄과 사이다를 사이좋게
나눠 먹었다.

그럴 때면 미희는 연우 쪽으로 몸을 돌리고 앉아 다양
한 상식에 관련된 얘기도 해주고 햇살이라도 좋으면 가
방에 있는 문제집을 꺼내 연우한테 공부를 가르치고는
했다.

미희의 직장까지 다 알아내어 아무 때나 들이닥치는
이석경 동생들 때문에 붙박이로 할 수 있는 일을 할 수
없어 미희는 아이들 과외를 하거나 은행에서 단기 아르
바이트 등을 하곤 했는데 연우의 공부도 이렇게 틈틈이
가르치곤 했다.

미희는 어떤 상황에서도 연우에게 최선을 나했고 연우

는 그런 미희를 신뢰하고 '우리 엄마가 세상에서 제일 예쁘고 착해.'라는 생각을 마음속 깊이 담고 있었다. 그런데 그런 미희가 죽는다니, 장례를 준비하라고 하니, 연우는 하늘이 무너지는 것 같은 두려움을 느꼈다.

"네, 알겠어요. 장례 준비해야죠. 흑흑… "

병원 복도 대기 의자에 앉아 눈을 감고 기도하던 연우가 미영의 말을 듣는 순간 갑자기 벌떡 일어나 중환자실 문을 열었다. 중환자실은 환자 면회도 정해진 시간에만 하는데 간호사가 막을 새도 없이 연우는 미희에게로 달려가서는 미희를 와락 끌어안았다.

"엄마, 엄마, 나 연우. 엄마, 하나님이 엄마보고 하늘나라 오지 말라고 하셨어. 좀 전에 기도하는데, 나중에 연우랑 같이 오라고 하셨거든. 그러니까 엄마, 나중에 아주 나중에 나랑 같이 가. 하늘나라… 그런데 지금 갈 거면 나도 데려가, 엄마!"

연우가 울었다.

평소 의젓하니 잘 울지 않는 연우가 미희 가슴팍에 얼굴을 묻고는 흐느꼈다. 아무리 슬퍼도 먼저 울지 않고 미희 가방을 늘 씩씩하게 메고 걸었던 연우가, 나무젓가락으로 김밥을 집어 미희 입에 먼저 넣어주던 연우가 서럽게 울었다.

바로 이때, 미희의 오른쪽 검지가 움직이는 듯 마는 듯 살짝 움직였다. 그러더니 눈꺼풀이 파르르 떨리면서 감은 눈에서 눈물 한 방울이 귓가로 천천히 떨어졌고 입술이 몇 번 미세하게 떨리더니 조그맣게 속삭였다.

"연우야… 엄마… 괜찮… 아, 괜찮아… 울지 마, 우리 아가……."

●

"연우야, 엄마 오늘 병원에 입원했어."

"네? 무슨 병원에요?"

"응, 이따 너 퇴근하고 신문사 앞 커피숍에서 잠깐 보자. 이모가 병원도 알려 주고."

"네… 에."

연우가 대답을 완전히 마치기 전에 뚝 끊기는 전화.

미영은 항상 이렇다. 본인 할 얘기만 일단 하면 상대방 대답을 잘 듣지 않고 전화를 마음대로 끊었다. 뭐, 이런 건 원래 익숙하지. 정신병원이라고 했다.

정신병원이라니.

미희는 예전, 열흘 만에 극적으로 살아난 후 오랜 치료를 하면서 한동안 신경안정제를 먹지 않았다. 그런데 심리적인 어려움은 쉽게 낫는 게 아니었던지 다시 먹기 시작했고 내성이 생겨 양이 조금씩 늘어났는데 어떤 때는 몇 알을 먹고도 불안감이 가시지 않고 잠도 계속 못 자는 등 몸과 마음의 상태가 영 좋아지지 않았다.

　더는 안 되겠다 여겼던지 미영은 미희를 정신병원에 입원시켰는데 연우에게는 의논도 하지 않고 임의대로 결정한 거였다.

　정 그래야 했다면 종합병원의 정신과 병동이 좀 더 나았을 텐데 정신병원에서 미희가 과연 적응할 수 있을지 연우는 걱정이 되었다. 미희는 여러 가지 내과 질환과 함께 신경안정제 중독, 공황장애, 만성 우울증이 있으니 솔직히 지금까지처럼 정신병원이 아니라 일반병원에 입원해도 되는 환자라는 생각이었다.

　연우는 미희가 정신과적으로 더욱 심각한 문제가 있거나 확진된 정신과 질병이 있는 환자와 함께 정신병원에 입원하는 게 과연 맞는 건가 하는 의구심도 들었다.

　"얘, 연우야. 종합병원 정신과 병동도 괜찮겠지만 일단 병원비도 더 부담되는 데다 거긴 조금 자유로우니까 언니가 약을 딱 끊는다는 보장도 없고 좀 그래."

"그래도 이모, 정신병원은 너무 답답하고 감옥 같지 않을까요? 엄마는 답답한 걸 제일 힘들어하잖아요. 거기에 정신병원이라고 하면 다들 안 좋게 보고요."

"정신병원이라고 그렇게만 보면 곤란해. 정신과 질환 환자들만 있는 게 아니라, 알코올 중독이나 도박중독, 신경안정제 약 같은 거 먹는 것도 끊게 해주고 그러는 거야. 환자나 가족이 어떻게 생각하느냐의 차이 아니겠니? 그리고 뭘 남 신경을 써? 종합병원 정신과 병동과 같은 거야. 어쨌든, 이모를 믿어 봐. 한번 해보자고. 언제까지 느이 엄마 약 먹는 걸 보고 살아야 하니? 약 때문에 만약 잘못되면 어떻게 할래. 오래 있지도 말고 한 석 달만 있어 보자."

신문사 앞 커피숍에서 만난 미영은 커피잔에 뭐가 묻었다고 아르바이트생을 불러 미간을 잔뜩 찡그리고 한참 신경질을 내더니 이내 새로운 잔에 가득 채워온 커피를 한 모금 마시자 언제였냐는 듯 미간을 쫙 펴면서 정신병원 얘기를 했다.

하고자 하는 일은 막무가내로 밀어붙이는 미영인지라 연우는 더 대답을 하지 않고 마음속으로 '내일 당장 가 봐야겠어.'라는 다짐을 했다.

●

　미희는 정신병원에 나름 잘 적응하는 듯했다.

　미영이 말한 석 달에서 석 달이 더 지나 여섯 달이 되었는데도 미희는 퇴원하겠다는 얘기를 하지 않았는데 연우는 마음 한구석에 뭔가 알 수 없는 불편함이 있었지만 아마도 병원에서 미희의 내과 처방 약도 철저하게 먹게 하면서 뭔가 관리를 잘 해주나보다 하고 생각을 했다.

　두 달 전 첫째 주말, 미영이 미희를 찾아왔다.

　정신병원 3층으로 올라가면 육중한 회색 철문이 있는데 그 오른쪽에 초인종이 있었다. 초인종을 딩동 하고 누르면 간호사가 철문에 달린 손바닥만 한 문의 뚜껑을 옆으로 열어 초인종 누른 사람을 확인한 후 환자 보호자일 경우 문을 열어줬다.

　무거운 철문이 바람을 잔뜩 안으면서 윙 소리를 내고 열리면 병동 안의 환자들이 우르르 몰려와 방문객을 일제히 쳐다보는데 정말 한마디 말도 하지 않고 쳐다보기만 했다.

　그런데 대부분의 환자는 눈이 멍하니 풀려 있고 표정도 비슷했는데 행동도 어눌해 마치 똑같은 사람을 사진

찍어 세워 놓은 것처럼 이 사람이 바로 저 사람 같았다.

말을 잘 듣지 않는 환자는 잠을 자거나 얌전하게 있으라고 정신과 약을 일부러 더 먹이기도 한다는데 미영은 그게 사실인지 아닌지는 딱히 알고 싶지도 않았다.

그중에서도 유난히 얼굴이 하얗고 눈빛이 맑은 사람이 무리 속에 섞여 쳐다보는데 미희였다.

"미영아, 나, 퇴원하고 싶어."

"왜, 좀 더 있지. 언니, 밖에 나가면 약 완전히 안 먹을 수 있어?"

"네가 처음에 얘기했던 석 달보다 한 달이 더 지났으니까 나가고 싶어. 그리고 약은 안 먹게 노력해야지."

"그러다 만약 또 먹으면?"

팔짱을 끼고 눈을 흘기면서 쏘아붙이는 미영의 말에 미희는 잠깐 말문이 막혔다.

그렇지, 자신할 수 없지만 노력해야지. 여기서 나가고 싶어.

한참을 생각하다가 미영에게 대답하기 위해 미희가 입을 열려고 하는데 미영이 싹 대답을 뺏어서는 먼저 선수를 쳤다.

"언니, 연우가 요즘 밥도 잘 먹고 잠도 잘 자."

"진짜? 우리 연우가?"

"걔, 입도 짧은 데다가 불면증도 있잖아, 왜."

"그래, 불면증은 날 닮았는지 통 낫지 않아."

"그런데 걔가 요즘에는 밥도 한 공기 뚝딱 먹고 누우면 바로 잔대."

"어떻게 그렇지?"

"언니가 없으니까 자기도 몸과 마음이 좀 편하니까 그런 것 아냐. 얘가 어릴 때부터 즈이 엄마 신경 쓰느라 얼마나 고생을 했어? 뭐, 물론 지금도 마찬가지지만."

"우리 연우가 정말 고생 많이 했지…"

"그런 얘가 병원에서 즈이 엄마를 알아서 잘 돌보니까 안심돼서 밥도 잘 먹고 잠도 잘 자는 것 아냐. 그러니까 언니는 좀 더 확실하게 되면 퇴원해."

미영에게 그래도 퇴원하고 싶다고 말하려고 하다가 연우가 잘 먹고 잘 자고 있다는 얘기에 미희는 '그래, 조금만 더 견디자. 우리 연우가 하루라도 더 편하게 지내게.'라고 마음먹었다. 면회실 창문 밖으로 보이는 나무와 풀, 바람 그리고 세상이 참 그리웠다.

●

신문사에 월차를 낸 연우 발걸음이 유난히 가벼웠다.

오늘은 면회실 말고 병원 잔디에서 미희를 면회할 수 있는 날이어서 연우는 소풍 바구니에 미희가 좋아하는 음식을 담아서 가져가는 길이었다.

우리 엄마가 제일 좋아하는 장어구이 그리고 귀리와 현미, 찹쌀을 골고루 섞은 잡곡밥, 동치미, 사과, 흰 우유, 그리고 커피.

미희가 맛있게 먹는 모습을 그리며 연우는 콧바람이 절로 나왔다. 몇 달을 봐도 도대체 정이 가지 않는 3층의 철문 앞에 서서 '딩-동!'하고 초인종을 눌렀다. 여느 때처럼 간호사가 철문에 달린 손바닥만 한 문의 뚜껑을 옆으로 열어 연우를 확인한 후 침을 꿀꺽하고 삼켰다.

"오늘 김 미희 님, 면회 안 됩니다."

"네? 왜죠?"

"지금 징벌방에 있어요."

"징벌방이라뇨? 말썽부리면 넣는다는 방 말인가요?"

"네."

"엄마가 무슨 잘못을 해서 거기 있다는 거죠?"

"그건 원 규칙상 말씀드릴 수 없습니다."

국어책 읽듯이 냉랭하게 할 말을 마친 간호사는 안녕히 가시라면서 작은 문을 쾅 하고 닫았다. 도대체 미희가 무슨 잘못을 했다는 건지 정확하게 말해주지 않아 답답하고 화가 난 연우는 미영에게 전화했다.

"이모, 엄마가 징벌방에 들어간 이유를 혹시 아세요?"

"나도 모르지, 그건."

"병원 원장실에 가서 물어볼까요?"

"어우, 애! 그러다가 밉보여서 느이 엄마한테 잘 못 해주면 어쩌려고 해! 그냥 있어!"

미희한테 피해가 있으면 어쩌냐는 미영의 으름장에 연우는 답답한 마음을 억지로 내려놓고 병원을 나서야 했다. 병원 정문에 서서 뒤돌아보니 3층 건물에 방범창으로 무장한 작은 창문들이 다닥다닥 이어져 있었다.

저 중에서 징벌방 창문이 있어 혹시라도 미희가 보고 있을까 봐 연우는 한참을 병원 정문에 기대 창문만 노려보고 있었다. 소풍 바구니 손잡이에 묶은 흰색 리본이 바람에 휙 날려 춤을 췄다.

●

헛걸음한 그다음 주 주말에 연우는 다른 때보다 서둘
러 병원으로 향했다. 지난주에 할 수 있었던 잔디에서
의 면회는 징벌방에 갔다 왔다는 명목 아래 언제 또 생
길지 모른다고 했고 오늘은 원래처럼 철문 안 바로 옆에
붙어 있는 면회실에서 면회하라고 했다.

아주 오랜만에 만난 것처럼 미희는 뛰듯이 걸어와서는
연우를 꼭 끌어안고 한동안 놓지 않았다. 너무 좋은 우
리 엄마 냄새. 연우는 코 평수를 한껏 넓히고 미희, 엄마
냄새를 붙잡았다.

"엄마, 징벌방에는 왜 간 거야?"

얘기인즉슨 이랬다.

혜진이라는 이름의 서른 살 아가씨가 있는데 알코올
중독과 우울증으로 입원해서 오랫동안 치료받고 있다
고 했다. 혜진이는 얼굴도 너무 예쁘고 착한데 미희한
테 "엄마, 엄마."라고 부르고 따라다니면서 심부름도
하는 등 미희를 유난히 잘 따른다고 했다.

혜신의 아버지는 매일같이 술에 취해 혜진의 이미니와

혜진이, 남동생을 무지막지하게 때렸다는데 폭력에 지친 어머니는 급기야 쪽지 한 장 남기지 않고 가출을 했고 그다음 해에는 아버지가 폐암으로 돌아가셨다고 했다.

술을 매일 마셨는데 아이러니하게도 폐암으로 죽다니…….

졸지에 하늘 아래 남게 된 남매는 살기 위해서 이 일 저 일 하면서 고생을 많이 했는데 혜진은 남동생 공부를 시키고 싶어서 남대문 새벽 옷 시장에서 직원으로 일하게 되었고 거기에서 악착같이 일하면서 남동생 군대 갔다 와서 대학까지 무사히 마치게 했는데 동생의 졸업식 전날 얼마나 기쁜지 남매가 부둥켜안고 펑펑 울었다고 했다.
특히 남동생은 이제 누나 고생은 끝났다면서 걱정하지 말라고, 정말 고맙고 미안하다면서 많이 울었다고 했다.
그리고 다음 날 오전 남동생의 대학 졸업식에 가기 위해 남매가 집을 나선 후 건너 편 버스 정류장으로 가려고 비탈길을 내려가고 있는데 뒤에서 버스가 빠르게 내려오고 있어서 바깥쪽에서 걷던 혜진을 남동생이 안쪽으로 가라고 팔을 미는 순간 그 버스가 갑자기 엄청난 속도로 미끄러지면서 눈 깜작할 새 남동생을 치었다고 했다.

남동생은 사고 현장에서 사망했는데 그 장면을 바로 눈앞에서 본 혜진은 그날 이후로 술을 마시지 않으면 사고 현장과 남동생의 모습이 생생하게 보여서 잠도 잘 수 없고 아무것도 할 수 없는 상태가 되어 폐인처럼 지냈단다. 특히 "누나, 정말 고맙고 미안해."라는 동생의 목소리까지 들리면 귀를 막고 악 소리를 지르면서 기절했다고 한다.

자기가 바깥쪽으로 계속 걸었더라면 동생은 죽지 않았을 텐데, 자기 때문에 동생이 죽었다고 죄책감에 시달려 하루하루 산송장처럼 사는 혜진이 곧 죽을 것 같아서 고모부가 정신병원에 입원시켰다는데 혜진은 알코올중독과 만성 우울증에 환청, 환각 증상까지 있었다고 했다.

그런데 그토록 가여운 혜진을 돌보던 병동 남자 간호사가 '혜진을 농락하고 버렸다.'고 했다. 퇴원하면 결혼하자고 하면서 근 1년을 만났다고 하는데 순진하고 착한 혜진은 남자 간호사를 완전하게 믿었고 알코올중독이 지료되면 결혼해서 행복하게 실 꿈에 부풀어 있었다고. 하지만 무엇보다 의지할 사람이 생기니 밤낮으로 괴롭히던 환청과 환각이 조금 사라져서 한결 편안해졌다고 좋아했던 혜진이었다. 그런데 그 남자 간호사가 원래 유부남이었고 얼마 전 아무런 말도 없이 다른 병원으로 근무지를 옮겼단다.

병원에서 가끔 외출증을 끊어줘서 혜진이 고모부를 만나러 나갈 때 남자 간호사가 보호자 명분으로 동행하면서 그런 사단이 생겼다는데 속이자고 맘먹고 덤비는 사람을 이길 방법은 없겠고 몸과 마음이 건강한 여자일지라도 속을 텐데 병원에만 있고 바깥세상을 잘 알 수 없는 환자이기 때문에 더욱 완전하게 속았던 것 같다고.

거기에다 그 남자간호사는 늘 혜진한테 "우리 사이를 아무한테도 말하지 마."라고 했다는데 순진한 혜진은 시키는 대로 말을 잘 들었을 것이라는 말도 했다.

남자 간호사가 사라진 며칠 뒤 혜진의 병실로 찾아간 미희는 기겁했는데 혜진이가 죽으려고 본인 손목을 그어서 엄청난 양의 피를 흘리며 새하얀 얼굴로 침대에 엎드려 있었다는 것이다.

그때는 마침 병동 환자들이 간호사 몇 명을 따라 병원 바깥마당으로 15분간 산책하러 나가는 시간이었는데 산책 시간에 혜진이 보이지 않자 미희는 병동으로 복귀

한 후 혜진의 병실로 곧장 찾아간 것이었다.

미희는 소리를 질러 간호사를 불렀는데 의사 두 명이 급하게 뛰어와 응급조치를 했고 혜진은 다행히도 목숨은 건졌지만, 이후로 말도 전혀 하지 않고 밥도 먹지 않고 잠도 자지 못하면서 침대에 멍하니 앉아 있다가 갑자기 "형규야! 형규야! 라고 부르며 허공을 두 팔로 휘이휘이 젓곤 한다고 했다.

형규는 혜진의 죽은 남동생 이름이었다.

마른 나무처럼 바짝바짝 말라가는 혜진을 보면서 분노한 미희는 간호사실로 뛰어가 그 남자간호사를 당장 데려오라면서 난리를 치면서 욕을 했다고 한다.

엄마가 욕을 했다고? 엄마가?

단호하지만 늘 온화한 미희가 욕하는 걸 연우는 지금까지 한 번도 본 적이 없었다.

"여자는 사랑하는 남자의 말을 진심으로 믿어. 참 잘 믿지. 세상 사람들이 아무리 그 남자를 욕해도 사랑하는 게 확실하면 모성애가 있어서 감싸주고 싶어 하고. 그런데 그런 여자의 철석같이 믿는 마음을 이용하는 남자가 있단 말이야."

"그런데 연우야, 여자의 몸과 마음을 중요하지 않게 생각하는 남자를, 그런 남자라는 걸, 단번에 아는 게 너무 어려워. 더 슬픈 건 나쁜 남자라는 걸 아주 나중에 알게 되거든? 더 무서운 건, 그런 남자는 그 여자 한 명만 죽이는 게 아니라 그 여자와 관련된 많은 인생을 죽인다는 거야."

주먹을 한 번, 두 번까지 꽉 쥐고 굳은 표정으로 얘기하는 미희를 연우는 한참 쳐다봤다.

혜진의 사건이 있고 난 뒤 미희는 생각하기도 싫은 독방, 징벌방에 가지 않기 위해 다시는 그 어떤 말도 하지 않았다고 했다.

무엇보다 한 사람이 누우면 남는 공간도 거의 없는, 요도 없이 이불 한 장, 베개 한 개와 천장에 주먹 절반만 한 희미한 백열전구 하나가 위태롭게 달린 창문 하나 없는 징벌방에 갇혀 지낸 사흘간, 대소변을 해결하라고 뚜껑도 없이 던져준 자주색 양동이가 너무 끔찍했다고 했다.

●

취재를 하러 가기 위해 의자에서 일어나는데 연우의

휴대폰이 울렸다. 모르는 번호였다.

연락을 받은 연우가 ○○의료원 응급실로 뛰어갔는데 저쪽 끝 침대에서 얼굴에 거무죽죽한 푸른빛을 띠고 죽은 듯 누워 있는 미희가 보였다. 몇 걸음 안 되게 빠르게 갔더니 침대 옆에 정신병원 원장이 잔뜩 굳은 얼굴로 서 있었다.

"저희 엄마가 여기에 왜 이렇게 누워 계시는 거죠?"

"미안해요…"

"원장님이 저한테 왜 미안하다고 하시는 건지 모르겠습니다."

이유인즉슨 이랬다.

미영이 미희를 정신병원에 입원시킬 때 원장에게 요청했다고 했다. 미희에게 아무 약도 주지 말라고.

평소에도 의료 지식이 부족한 미영은 자기 아이들이 독감에 걸려도 그냥 심한 감기라며 땀을 푹 내고 자면 된다든지 딸아이가 생리통이 너무 심해 데굴데굴 굴러도 진통제를 먹지 않고 견뎌야 자궁이 건강하다는 둥 무슨 구석기 시대와 같은 가치관을 가지고 있었다.

미희가 고혈압, 당뇨, 심부전, 간장 질환, 퇴행성관절염, 만성 우울증 등의 약을 먹는 것조차 신경안정제 류와 같은 취급을 했기 때문에 이왕 힘들게 정신병원에 온

133

거 그 약 들까지 완전히 끊어야겠다고 위험한 생각을 한 거였다.

연우는 미영과 병원장이 함께 속였기 때문에 그런 사실을 전혀 몰랐는데, 미희도 연우가 오면 "연우야, 엄마는 건강하니까 염려 마. 밥 잘 먹고 뜨끈한 국물 꼭 먹고 다녀. 알았지?"라며 연우의 손을 늘 따듯하게 잡아 줬다.

연우는 목에 뭐가 걸린 것처럼 컥 막혀 "흡! 흡!"하다가 마른 침을 꿀꺽 한번 삼키고 낮게 갈라진 목소리로 원장에게 미희가 실려 온 이유를 물어보니 그간 미희에게 그렇게 아무런 약도 주지 않았다고 했다.

연우는 가슴 속에서 뜨거운 것이 울컥하면서 치밀어 목이 다시 컥컥하고 막혀 "콜록, 콜록, 흡!, 흡!"하면서 얼굴이 벌겋게 되도록 한참 기침을 해댔다. 그렇다면 미희는 그동안 정말 생으로 버틴 거였다.

원장은 최초 보호자인 미영의 요청으로 그럴 수밖에 없었다고 고백하며 미안하다고 몇 번을 사과했다. 후하고 숨을 고른 연우는,

"원장님, 신경안정제를 끊기에 앞서 저희 엄마가 내과 질환이 많다는 걸 잘 아셨을 테고 그 질환들은 그냥 버티는 게 능사가 아니라 반드시 처방 약을 먹어야 한다는

걸 당연히 아셨을 것 아닌가요? 어떻게 의사가 그런 미개한 요청을 수락하셨는지 정말 이해할 수 없습니다."

"그런데 다행인 건 우리 병원 내과 전문의가 김 미희 님 상태를 봐서 좋지 않을 때는 그 약들을 중간중간 처방해서 줬더라고요. 이제 와서는 그게 고맙다는 생각까지 듭니다."

뭐라고? 이 원장이 정말.

기가 막혔다. 대형 정신병원 원장이라는 사람이 원시인 가치관을 가진 환자 보호자가 던진 요청을 쉽게 받아들였다는 게 말이다. 그건 단순한 얘기가 아니라 그야말로 환자 한 명의 고귀한 목숨이 달린 일인 걸 어찌 그렇게 무식한 실천을 했는지 정말 이해할 수 없었다.

그래도 좀 똑똑하고 인간적인 내과 전문의 덕에 미희가 이 정도의 위험까지만 왔다고 고마워하라는 건지 뭔지 정말 원장이라는 인간을 고소하고 싶은 마음이 솟구치면서 정강이를 확 걷어차고 싶은 본능까지 들었다.

운동화를 신은 연우의 오른발이 꿈틀거리며 움직였다. 그러나 정말로, 그 내과 전문의가 고맙다는 생각이 순간 들었고 자신의 잘못을 인정하고 다른 의사의 현실직 행동을 솔직하게 얘기하는 원장의 고백에 연우는 한숨을 푹 쉬었다.

그리고는 정신병원에서 퇴원하겠으니 알아서 처리해 주고 이곳 병원에서 치료할 테니 그것에 관한 사항도 원장이 모두 정리해서 확인해 달라는 얘기를 확실하게 한 연우는 원장이 나가자 미희한테 와서 허리를 굽혀 미희의 손을 꼭 잡았다.

'뭐가 맨날 괜찮다고 했어, 엄마. 뭘 맨날 건강하대… 내가 밥 잘 먹고 뜨끈한 국물 먹는 게 뭐가 그렇게 중요해서 내 걱정만 해… 흑흑흑… '

'그리고 엄마, 난 아빠 호적에 꼭 안 올라도 괜찮았어. 그냥 엄마 밑에 이름이 있어서, 사생아라고 해도 괜찮았다고. 엄마가 나, 아빠 호적에 올리려고 얼마나 힘들었어. 그쪽 사람들한테 맞고 쫓겨 다니고… 난 말이야, 그냥 엄마 딸이면 된다고…….'

'아니지, 아냐, 그렇게 할 수밖에 없는 시절이었지……. '

혼란스러웠다. 미희 가슴팍에 얼굴을 묻고 흐느끼는 연우의 어깨처럼 병원 응급실 밖에 있는 커다란 나무의 나뭇잎이 휙 하는 바람에 맞아 후드득 떨렸다.

정신병원에서 그렇게 파랗게 되어 ○○의료원으로 실려 온 미희는 그동안 받지 못했던 내과 질환 및 다른 진료과목 중 안 좋은 부분에 관한 치료를 받으며 악화한 건강을 부지런히 추슬렀다.

　미희는 다행히도 신경안정제를 완전히 끊었던 터라 치료가 수월하게 이뤄졌는데 그러기 위해 정신병원에서 얼마나 고생을 했을지 짐작이 되어 연우는 다시 한번 울컥하고 뜨거운 것이 가슴 속에서 올라왔는데 특히 징벌방이 떠올라서 이로 입술을 꽉 물었다.

　그렇게 약 한 달간의 치료를 받은 뒤 요양병원으로 옮겼는데 입원과 퇴원을 자주 해야 하는 장기 투병 환자에게는 종합병원과 비교해 요양병원이 저렴해 경제적 부담이 그래도 적어서였다.

　그러나 전문적 치료를 필요로 하거나 응급한 경우에는 다시 종합병원 응급실이나 중환자실로 수시로 가야 하는 불편함과 어려움이 있었다.

　"뭐라고요? 연하가 살아 있다고요?"

　미영이 하는 얘기가 뭔지 연우는 알아들을 수기 없었

다. 내 동생 연하가 살아 있다니. 태어나서 얼마 안 있다가 죽어서 청주 선산에 묻었다는 내 동생 연하가 살아 있다니 믿을 수가 없었다. 미희와 연우는 연하가 묻혀 있는 선산에 틈틈이 가지 않았는가?

미영이 얘기하길, 미희가 아기를 낳기 전 입양을 하고 싶다는 부부가 있었는데 동네에서 제일 잘 사는 집의 막내아들 부부였다고 한다. 그 부부는 아기를 간절히 원했는데 결혼한 지 10년이 지나도록 소식이 없던 차에 미영에게 미희 소식을 듣고 쌍둥이를 입양하고 싶다는 얘기를 했다고 한다.

그렇지 않아도 아기가 언니 미희의 인생을 꽉 붙잡고 망칠 것 같아 불안하고 싫었던 미영은 반색하며 입양을 약속했단다.

미희가 난산으로 진통이 너무 길어지면서 걱정이 되었지만, 다행히 쌍둥이를 무사히 낳았고 미희가 탈진한 틈을 타 쌍둥이를 안고 나오려고 했는데 미희는 정신을 잠깐 놓은 와중에도 연우를 품에 꼭 안고 있어서 연하만 재빨리 안고 나왔다는 것이다.

연하를 안고 나와 동네에 있는 부잣집 막내아들 부부에게 안겨주고 정말 잘 키워 달라고 부탁을 했는데 원래 쌍둥이를 기다렸던 부부는 조금 실망하는 듯 했지만 이

내 감사하다고 했고 사랑을 듬뿍 주고 잘 키우겠다고 약속했다고 했다.

부부는 몇 달 후 연하를 데리고 미국에 이민을 갔는데 얼마 전 우연히 소식을 듣게 되었다는 대목에서는 미영이 숨을 깊게 한번 들이쉰 다음 후-우하고 내 쉬며 눈을 아주 크게 떴다. 얼굴에 홍조까지 띠고서는 잔뜩 우쭐한 목소리로 말하는 거였다.

"글쎄, 걔가, 아니, 연하가 미국에서 박사가 되었다는구나?"

동네 막내아들 부부, 입양, 이민, 박사 등 전혀 생각지도 않은 얘기들이 줄줄 나오자 연우는 점점 더 입을 다물었다. 연우가 그러거나 말거나 미영은 목소리 톤이 더욱 높아지더니,

"그 집 부부가 연하를 그렇게 예뻐해서 공주처럼 키웠고 공부도 많이 시켜서 연하가 박사 학위를 받았다고 하잖니!"

연우는 이제야 머릿속이 차근차근 정리되면서 숨이 좀 쉬어져 입을 간신히 열었는데 흥분한 미영이가 쉬지 않고 얘기하는 중에 처음 뗀 입이었다.

"저기 이모, 혹시, 연하 얘기 엄마한테도 하셨어요?"

"ㄱ러엄! 당연히 했지!"

아! 얘기했다니…….

●

미영에게서 연하가 미국에서 살고 있다는 얘기를 들은 뒤 미희는 실어증이라고 해야 하나, 입을 꾹 다물고 아무런 말도 하지 않았고 간신히 조금 잡혔던 건강까지 급속하게 악화하였다.

미희가 평생 연하를 얼마나 그리워하며 살았는지는 연우가 잘 알고 있다.

굳이 입을 열어 보고 싶다고 한 적은 한 번도 없지만 연우와 연하 생일에는 앓아누울 정도로 아주 아팠으니까…….

미희의 상태가 좋아지질 않고 계속 악화가 되었는데 나중에는 철 결핍성 빈혈로 수치가 위험한 상태까지 떨어져서 급기야 총 서른 개의 수혈 팩을 맞아도 기운이 살아나질 않았다.

요양병원의 미희 주치의는 근무 중인 연우에게 급히 전화해서 미희를 큰 병원으로 일단 옮겨 조치를 받게 하라고 했다. 여느 때처럼 미희의 상태가 나빠지면 종합병원 응급실과 중환자실로 옮겨 치료를 받고 다시 요양병원으로 옮기면 되는 거였는데 이번에는 도저히 그렇게 할 수가 없었다.

종합병원과 요양병원을 옮겨 다니며 치료를 받으려면 병원비가 더욱 많이 드는데 전혀 일어나지 못하고 기저귀를 한 상태의 미희가 병원 치료를 받는 동안 연우는 많은 빚을 졌는데 만 3년을 꼬박 그랬다.

처음에는 제1금융권에서 대출을 받았는데 그다음은 신용이 조금 떨어져서 제2금융권, 그러다가 원리금과 이자가 벅차 자주 연체하다 보니 신용이 더욱 떨어져서 사금융권 대출까지 받고 친구나 동생들한테 융통하기도 하면서 더는 감당하기 어려운 상태가 된 것이었다.

물론 이전에도 늘 아픈 미희는 병원비, 약값 등이 원래 많이 들었지만 미희가 일하는 상태인 데다 연우는 학생 신분이었기 때문에 능력이 부족하니 어려움은 미희 혼자서 짊어졌었다.

미희의 어려서부터 불과 몇 년 전까지의 고생에 비하며 '이건 고생도 아니야. 엄마에 비하면.'이라고 스스로 위로하는 연우지만 그래도 숨이 막힐 정도로 힘든 건 사실이었다.

좀 전까지도 원리금과 이자를 빨리 보내라는 사금융에서 문자와 전화가 30분 간격으로 왔던지라 종합병원으로의 이동을 망설일 수밖에 없었다. 병원에 있다 보면 오랜 환자의 보호자가 병원비 때문에 사채까지 써서 목숨을 끊은 경우도 있다는 걸 다른 보호자를 통해 들은 적도 있는데 정말 그것에 비하면 다행이지만 그래도, 그래도 힘들었다.

돈 많은 미영은 병원비나 생활비를 절대 도와주는 성격도 아닌 데다 미희도 미영이나 형제들한테는 원래 도움을 청하지 않고 살았기 때문에 연우도 미영한테 아예 돈 얘기를 하지 않았고 하고 싶지도 않았다.

●

요양병원 중환자실 익숙한 목소리의 간호사가 전화기 속에서 다급하게 말했다.

"연우 씨, 연우 씨, 빨리, 빨리 오세요!"

신문사를 뛰쳐나온 연우는 미친 듯 택시를 잡아타고는 기사한테 "빨리요, 빨리, 병원!"만 외치면서 등을 뒤로 기대지도 못하고 조수석 등받이를 온 힘을 다해 붙잡고 있었다. 병원 정문을 열고 뛰어가는데 다리가 풀리고 발이 오므라들어 자꾸만 넘어졌다.

중환자실 앞이다.

그냥 뛰어 들어가다가 흠칫 뒤돌아서 다시 달려와서는 위생 신발로 갈아 신는데 슬리퍼인데도 발가락이 제대로 꿰어지지 않아 몇 번 헛발질 하다가 간신히 신은 뒤 마치 망토처럼 급하게 위생복을 걸치고서는 미희의 침대로 뛰어갔다.

"엄마!"

"엄마! 나, 연우! 엄마!"

미희의 축 늘어진 팔.

연우가 미희의 팔을 잡으니 뼈대 없는 고무팔처럼 축 늘어지고 손목은 푹 꺾여 ㄱ자로 손가락 끝이 바닥을 바라봤다. 팔과 손을 잡은 연우는 흠칫 놀라며 뒤로 물러나는데 눈이 움찔했다.

불안한 눈으로 미희의 팔과 손목 그리고 얼굴, 모니터를 번갈아 보던 연우가 덥석 미희를 끌어안았다. 연우의 심장이 터질 듯 세차게 뛰며 이가 덜그럭거리면서 몸이 덜덜 떨렸다.

"뚜뚜–뚜뚜–뚜"

"엄마! 엄마! 이렇게 가면… 어떻게 해… 죽지 마! 엄마, 제발…….."

"엄마, 엄마, 큰 병원으로 못 옮겨서 미안해. 엄마, 정말 미안해, 내가 잘 못 했어, 엄마!"

젖먹이 강아지가 어미 품에 파고들 듯, 희끗희끗한 머리카락을 한 미희의 품에 파고든 연우, 나지막한 흐느낌 소리가 삭막한 중환자실 허공을 떠다니고 있었다.

"뎅. 뎅. 뎅⋯⋯."

 천장이 '쿵'하고 무너질 듯 무거운 침묵이 짓누르고 있었다. 병원 복도의 낡은 괘종시계가 그 불편한 무거움을 깨고 싶은 것처럼 흔들리며 자정을 알렸다. 미희의 눈꺼풀이 파르르 한 번 떨리더니 한줄기 눈물이 주르르 떨어졌다.

●

병원 밖 잔디에 있는 벤치. 힘없이 앉아 있는 두 여자가 있다.

상복을 입은 연우와 미영이었다.

연우야, 옛날 언니가 세수하고 나서 얼굴을 들면 너무 예쁘고 빛이 나서 질투가 났다?

어쩔 땐 언니가 없어졌으면 좋겠다고 생각도 했어.

사람들은 언니만 봤으니까.

그러면서도 난 우리 언니 때문에 우쭐했어.

왜냐하면 아무리 봐도 우리 언니처럼 예쁘고 공부 잘하고 착한 언니가 없었거든.

사람들한테 언니를 맨날 자랑하고 싶었어.

그런데 말이야.

그렇게 잘난 우리 언니가 나쁜 남자를 만나서 완전히 망해서 너무 원망스러웠어.

남자보다도 언니가 꼴 보기 싫었어.

꼴도 보기 싫은 만큼 언니가 불행할 때 좀 고소하기도 했던 거야.

그래서 언니가 가장 싫어할 행동을 했단 말이야.

연하를 입양 보낸 거.

연우, 너까지 보내려고 했지만, 언니가 품에 꼭 안고 있어서 안고 나가질 못했어.

그러면서도 어쩌면 이게 언니를 위한 길이라고,

내가 착한 일을 하고 언니 인생을 살려주는 일이라고 자신했지.

나를 억지로 위로했다고 할까?

그런데 연우야,

난 우리 언니를 한 번 더 죽인 격이었어.

언니 인생에서 연우와 연하가 삶의 이유였는데
그 이유 하나를 잘라냈으니까…….

만약 그 아이를 입양 보내지 않았다면 언니는 조금이라
도 더 행복했을 거야.
얼마 전에 연하가 미국에서 너무 잘살고 있다고 느이 엄
마한테 얘기한 건
내가 한 행동이 그래도 잘한 일이라고
칭찬받고 싶었는지 몰라.
언니한테 칭찬받고 싶었거든.

우리 미영이 참 잘했어,
언니는 우리 미영이가 너무 예뻐.

그런데, 그런데,
이제는 아무것도 모르겠어.
어떤 게 진짜 내 마음인지.

그런데, 이모,

연하는 지금까지처럼 죽은 아이로 알고 있는 게

엄마한테 그래도 위안이었을 거에요.

어차피 만나지 못 하는 거니까.

그런데 살아 있다고 하니

그 막막한 위안이 너무 큰 고통이었을 거고요.

 연우가 자판기에서 꺼낸 커피를 미영에게 건네고 다시 한 컵 빼서 천천히 한 모금 마신 후 담담하게 얘기하는 순간 미영은 꺽꺽대며 울음을 터뜨렸다. 연우는 마치 몇십 년 울지 못 한 사람처럼 아주 오래 우는 미영이를 보다가 고개를 젖혀 하늘을 보니 구름이 하나, 둘, 셋 뛰어가고 있었다.

안갯속 그녀_리턴

●

　미희에게 마지막 인사를 하러 온 문상객들이 한 차례 왔다 간 듯 복도가 고요했다.

　신문사의 서고 부장인 정 부장이 장례식장 앞 접수대 방명록에 정성스럽게 이름을 적은 후 흰 봉투 뒷면 왼쪽 아래에 세로로 이름을 적어 입구를 접은 부의 봉투를 공손하게 냈다.

　늘 페퍼민트 향이 날 것 같은 청결한 이미지의 정 부장이지만 젊은 스타일의 상고머리를 하고 검은색 재킷에 깃이 좀 더 높은, 푸른빛이 돌 정도의 흰 셔츠를 입은 오늘은 더욱더 청년 같았다.

　구두를 가지런하게 벗고는 마루에 올라 선 정 부장은 성큼성큼 앞으로 걸어가서 분향대에 국화꽃을 헌화했다. 그러고서 고개를 숙이고 잠시 묵념을 한 후 고개를 들어 눈을 뜨고 미희의 영정사진을 봤다.

　둥그렇게 커지는 눈.

　미동도 하지 않고 한껏 커진 눈을 깜박이지도 않고 영정 사진을 보던 정 부장의 눈에 한가득 눈물이 담겼다.

온몸이 마치 바윗덩어리에 눌린 것처럼 한없이 가라앉았다.

꿈인지 생시인지 도무지 분간할 수 없는 느낌…….

연우는 이불을 꽁꽁 둘러싸고 죽은 듯 누워 있는데 며칠을 그 모양으로 있었는지 베고 있는 베개는 주인의 모습처럼 가운데가 초라하게 푹 파여 있었다.

연우는 꼼짝도 하지 않고 이불 속에 그대로 웅크리고 있다.

●

"콜록, 콜록."

멀쩡하게 화장을 한 게 얼마 만인지 기억이 가물가물했다. 하도 폐인처럼 지내니까 어제는 친구 숙영이 집에 들이닥쳤다. 스킨, 로션, 영양 크림, 콤팩트, 파운데이션, 아이섀도, 립글로스, 아이라이너 등 기초 화장품부터 색조 화장품까지 한 바구니 챙겨 왔다.

가게에서 화장품을 싹 쓸어 담아 왔는지 숙영은 "너, 이게 다 합해서 얼마인지 알아?", "계속 그지 꼴로 다니면 너한테 돈 다 받아낼 테니까… ", "사람이 예의가 있어야지, 다 늙은 아가씨가 무슨 지신감이니? 보는 사람

들 눈 버려 얘!" 등등 협박성 멘트를 날리다가 약속이
있다면서 급하게 일어서며 이랬다.

"기집애, 나, 너, 오래 보고 싶다고. 아프지 마!"

그래, 고마워, 숙영아.

요즘 들어 감기를 달고 사는 연우였다. 워낙에 몸이 약
해 지나가는 정류장쯤으로 잘 걸리는 감기였지만 미희
의 장례를 치른 이후로는 그냥 감기와 함께 생활한다고
하는 게 맞을 정도로 감기라는 녀석이 도무지 떨어지지
않았다.

숙영이 강제로 품에 안긴 화장품으로 곱게 단장하고
출근했는데 야속한 콧물이 자꾸만 흘러 계속 코를 풀고
휴지로 닦으니 코끝과 인중 부근만 화장이 벗겨져서 피
부가 벌겋다. 손거울로 얼굴을 비추니까 화장이 버티고
있는 곳과 벌겋게 된 부분의 색깔이 확연히 달라 연우는
마치 남의 얼굴을 보는 것처럼 자꾸 웃음이 났다.

바보처럼 웃고 있는데 그 조그만 손거울에 누군가 보
였다.

준명이다.

"연우 씨, 오늘도 혹시 감기?"

"네, 역시요."

준명은 활짝 웃으며 미희 책상 옆 빈자리에 앉아 머그잔을 건넨다. 모과차다. 뜨거운 모과차.

잔의 손잡이 위쪽을 잡아 건네는 준명의 왼쪽 손 새끼손가락 두 번째 마디와 손잡이 아래쪽을 잡은 미희의 오른쪽 손 검지 두 번째 마디가 닿을 듯 말 듯 심장이 간지럽다.

준명은 신문사의 계열사인 방송사 기획팀의 대리인데 밝고 상냥했다. 신문사에는 방송사, 잡지사, 출판사 등 계열사가 몇 개 있는데 다른 회사에 있을 때 일을 잘했는지 스카우트가 되어 이번에 신문사로 오게 되었다. 내성적이고 조금 어두운 성격의 연우는 준명과 있으면 괜히 생기가 나는 것 같아 참 좋았다.

"연우 씨는 보호하고 싶은 마음이 들게 해요. 혼자 있을 때만 울죠?"

"어… 준명 씨가 그걸 어떻게 알아요?"

"아무리 힘들어노 사람들 앞에서는 안 울겠죠, 뭐. 그냥 다 압니다, 제가. 하하하!"

준명의 큰 웃음을 보니 연우의 가슴 속에서 물방울이 몽글몽글 올라오는 것처럼 무엇인가가 콕콕 찔렀다. 이게 뭘까?

●

　방 창문을 여니 물에 옅은 회색 물감을 푼 듯 새벽안개
가 자욱했다. 착, 착, 착 경쾌한 초침 소리를 내는 하트
모양의 갈색 벽걸이 시계를 보니 새벽 4시 30분.

　연우는 창문을 닫아 잠그고 침대 끄트머리에 눕혀 둔
하늘색 점퍼를 들어 입었다. 오늘 취재를 위해 가야 하
는 곳은 대구인데 연우와 후배 사진기자는 부족한 잠을
보충하기 위해 기차를 타고 가기로 해서 이렇게 일찍부
터 서둘렀다.

　현관문까지 잘 잠갔는지 확인을 하고 아파트를 나서니
안개의 가벼운 눅눅함이 마중을 나왔다. 숨을 크게 한
번 들이쉬는 연우의 콧속으로 안개 내음이 뒤따라 들어
왔다.

안개가 참 풍성하구나.

　깨끗하게 잘 정돈된 분리수거장을 지나고 아기자기한
놀이터를 지나 초등학교 앞에서 오른쪽으로 돌면 공원
과도 같은 산책길이 나왔다. 인도 바깥쪽에 줄을 지어

154

사랑스럽게 서 있는 나무와 중간중간 쉼터와 같은 초콜릿 색 벤치들.

오늘은 이 길을 통해 지하철역까지 가는 길을 택했다. 그냥 그러고 싶었다.

산책길에 오니 안개는 더욱 가까워져서 손을 옆으로 휙 뻗어 잡으면 손안에 가득 채워질 듯했다. 연우는 나무의 몸통을 괜히 툭툭 쳐보기도 하고 기대다가 안개를 잡으려고 팔과 손을 허우적거리다가는 쉼터 벤치에 슬쩍 앉아서 입을 크게 벌려 숨을 들이쉬었다. 안개를 몽땅 다 먹어버릴 기세였다.

숨 호흡을 잘 못 했는지 벌어진 입을 급하게 다물고는 컥컥거리며 기침을 하는 연우. 얼굴까지 빨개져서 눈물이 났다. 기침이 그치니 모습이 한심해 헛웃음이 났다.

이제는 가야지 하며 점퍼를 툭툭 털고 일어나는데 뒤에서 기척이 들렸다. 이 새벽에 도대체 누구지 하며 살짝 고개를 돌려 보는데 저 뒤 멀리서 회색 점퍼 안에 후드 비셔츠를 받쳐 입은 어떤 남자가 흰 마스크를 쓰고 모자를 푹 뒤집어쓰고는 '흠! 흠!'하면서 헛기침을 하는데 그 자리에 우뚝 서서 연우를 쳐다보고 있었다.

깜짝 놀란 연우는 "으어어어!"하고 소리를 지르고는 앞을 보고 마구 뛰어갔다. 원래 달리기와는 담을 쌓았지만, 지금까지 살아온 것 중에서 가장 빨리 달리는 걸 거다.

앗! 그런데 남자도 같이 뛰었다. 거기에 달리기가 얼마나 빠른지 금방 따라 잡히고 말았다. 바람처럼 달려온 남자가 연우의 오른쪽 팔을 탁 잡으니 연우는 "으악!" 하고 두 번째 비명을 질렀다. 눈앞이 잘 보이지 않고 다리가 후들거리는데 금방 쓰러질 것 같은 공포가 밀려왔다.

거짓말처럼 다리가 움직여지지 않아 잡히지 않은 팔로 허공을 마구 젓고 있는데 남자가 뭐라고 했다. 그런데 무슨 소린지 들리지 않았다.

뭐라고?

"연우 씨, 연우 씨, 저예요!"

'저라니?'

제정신이 아닌 사람처럼 눈을 감고 팔을 마구 휘젓다가 흠칫 실눈을 뜨니 세상에도, 준명이 연우의 팔을 잡고 있었다. 그러더니 마스크를 급하게 내리고 눈이 동그래져서 연우를 가까이 들여다보는데 눈에 걱정이 가득했다.

"연우 씨, 많이 놀랐어요? 미안해요, 정말 미안해요. 이렇게 놀라게 하려고 한 게 아닌데… 괜찮아요? 연우 씨 기차역까지 데려다주려고 왔는데… 이렇게까지 놀랄 줄 몰랐어요."

연우는 눈을 몇 번 껌벅거리다가 준명이 맞음을 확인하자 그냥 주저앉았다. 다리가 풀렸다. 멍한 표정으로 주저앉아 있는 연우 앞에 준명이 무릎을 꿇고 앉아 걱정되는 눈빛으로 쳐다보며 어쩔 줄 몰라 하는데 긴장이 조금 풀린 연우는 준명의 표정을 보자니 괜히 미안해졌다.

"아니, 저는, 어… 저는 괜찮아요, 준명 씨."

연우의 눈꼬리가 아래로 쭉 내려가며 당황하자 준명은 한참을 말없이 쳐다보다가 연우의 어깨를 조심스럽게 잡아 몸을 일으켰다. 그렇게 일어나서도 준명은 연우의 어깨를 잡고서는 빠져들 듯 눈을 보다가 자기 쪽으로 연우를 잡아당기며 조심스럽게 입술을 맞췄다.

부드럽지만 뜨거운 키스…….
준명 씨, 우리, 사랑하는 거 맞죠?

눅눅한 안개에 차가움을 안은 풀잎의 내음이 살포시 담겨 연우와 준명의 몸을 부드럽게 감쌌다.

●

"이 기자, 오늘인가?"

"네, 국장님."

"내년에나 보겠네?"

미희의 죽음 이후로 본의 아니게 신경전을 벌였던 허연 돼지 편집국장이 연우의 책상 옆으로 다가와 말을 걸었다. 아 참! 이제 허연 돼지가 아니라 허연 사모예드 정도라고나 할까? 편집국장은 건강이 나빠져서 다이어트를 한다고 했고 의외로 잘 견디며 관리를 해서 좀 깜찍한 사모예드가 되었는데 연우하고는 신경전을 일찌감치 끝내고 누구보다 잘 챙겨준 지 오래였다.

임신 8개월이 되었는데 유산기가 있는 데다 준명의 일도 알아봐야 해서 신문사에 육아휴직을 좀 서둘러 냈는데 편집국장이 처리를 잘 해줘서 무겁지 않은 마음으로 짐을 꾸리게 되었다.

결혼식을 아직 하지 않은 상태에서 임신부가 먼저 되었지만, 연우한테 사연을 들은 편집국장이 이것 또한 신경을 써줘서 신문사 내에서는 이상한 시선을 받지 않고 일할 수 있게 해주는 등 연우는 진심으로 고마운 마

158

음을 가지고 있었다.

안개가 곱게 감쌌던 그 새벽의 산책길 이후로 연우와 준명은 정식으로 교제를 했는데 이전에는 썸을 탔다고 할까? 두근두근한 마음은 분명 있었지만 이것이 과연 사랑이 싹트는 건지 아니면 남자한테 별 관심이 없다가 호감을 가지고 다가오는 남자가 있으니 본능적으로 살짝 떨리는 건지 판단할 수가 없었다.

그러나 산책길에서 강렬하게 부딪친 가슴 속 소용돌이가 사랑이라는 걸 알게 되었고 정식으로 만나고 싶었고 결혼을 하고 싶다는 마음이 자연스럽게 이어졌다. 이후로 6개월여를 매일같이 만나면서 숨소리를 느끼며 소곤소곤 얘기를 나눴고, 따듯하게 손잡고 걸어가는 연인을 보며 같은 대열에 합류한 것 같아 행복했고, 배가 부른 임신부를 보면 예쁜 아가를 낳아 정말 열심히 키울 거야라고 마음에 미래가 가득 찼다.

준명은 한결같이 활달하고 적극적인 모습으로 연우에게 생기를 줬는데 준명과 있으면 마치 비타민 가득한 과일 주스를 몇 컵 마신 것처럼 기운이 나곤 했다.

프러포즈를 받지는 않았지만, 연우는 당연히 결혼할 거라고 생각을 했는데 마침 그런 때 임신을 했다. 기쁜 마음으로 임신 소식을 알렸을 때 준명은 의외로 반가워하지 않았는데 조금 서운했지만 당황해서 그럴 수도 있다는 마음으로 연우는 크게 개의치 않았었다.

그즈음에 준명이 갑자기 퇴사했는데 사업 준비를 한다고만 말을 하고 자세한 내용은 말하지 않아 그것도 그러려니 했다. 그런데 그때부터 연락이 드문드문 되다가 안 될 때가 많아졌는데 사업 준비 때문에 바빠서 그럴 것이라고 연우는 또 이해했다.

그러다가 점점 연락되지 않더니 임신 8개월에 들어서니 아예 연락이 되지 않았다.

●

"연우야! 연우야!"

아파트 현관문을 열어주자마자 숙영이 숨이 넘어갈 듯 연우를 부르며 뛰어 들어왔다. 어디서부터 뛰어왔는지 얼굴이 빨갛게 돼서 땀까지 뻘뻘 흘리는데 연우를 부르며 들어 왔던 때와는 다르게 소파에 앉자 입만 오물거리면서 뭔가 망설이는 듯했다.

냉장고에서 차가운 보리차를 한 컵 가득 담아 숙영에게 건네주니 한 번의 그침도 없이 순식간에 마시고는 또 입만 오물거렸다.

160

"뭐야 너, 할 얘기."

임신 9개월이 되니 배가 더욱더 무거워져서 하루하루가 힘겨운데 병원에서는 다음 주에 입원을 먼저 해서 안정을 하자고 했다. 보리차를 다 마시고 애꿏은 빈 컵만 만지작거리는 숙영의 손에서 컵을 빼내 소파 옆 작은 테이블에 놓고서는 숙영 옆에 앉아 진즉부터 싸고 있던 병원 짐을 다시 싸면서 연우는 덤덤하게 물었다.

연우 눈치를 한번 본 숙영은 결심한 듯 "음!"하고 목의 힘을 빼더니 입을 열었다.

"그 사람, 내일 떠난대."

숙영은 준명의 소식을 알기 위해 애를 썼는데, 연우가 근무하는 신문사 회장의 외동딸과 준명이 지난주 토요일에 비공개 결혼식을 했고 바로 내일 신혼여행 겸 미국 지사 근무를 위해 부부가 미국으로 떠난다는 거였다.

우리 신문사 회장 외동딸과 준명 씨가?

준명 씨는 사업 준비를 한다고 했는데 신문사 미국 지사 근무라니?

연우의 머릿속이 엉킨 실타래처럼 뒤죽박죽 엉망이 되었다.

회장 외동딸이라면, 결혼한다는 얘기를 듣기는 했는데 결혼 상대가 누군지 회사에서는 아는 사람이 전혀 없었다. 그리고 결혼 소문이 있었던 시기는 연우가 육아 휴직 건으로 신경을 쓰고 있었고 준명과 연락이 되지 않아 신경이 날카로워져서 다른 일에는 관심을 가질만한 여력이 없었다.

대체 언제, 어떻게 준명과 회장 딸이 만났고 교제를 시작했다는 건가?

연우는 시간을 거슬러 가며 천천히 생각을 정리해 봤다. 임신 소식을 알렸을 때 의외로 반가워하지 않던 준명의 모습이 떠올랐는데 마침 그때 사업 준비를 위해 갑자기 퇴사했던 것도 이어 생각났다.

그렇다면 임신 소식을 알리기 바로 전이나 그 즈음에 회장 딸과 결혼을 약속했고 퇴사한 이유는 결혼 후에 미국 지사 근무를 위해 미국과 한국을 오가며 준비를 했다는 건데 연락이 완전히 되지 않던 임신 8개월 때 결혼을 위한 막바지 준비를 했다는 게 된다.

그러면 산책길에서의 키스 이후에 마음을 확신하고 정식으로 교제를 시작하고 얼마 지나지 않아 회장 딸을 만난 게 되는데 몇 개월 되지 않는 그 짧은 기간에 연우와 회장 딸을 동시에 만나는 게 가능했을까?

뭔가 얘기가 맞춰질수록 연우에게 심한 두통이 밀려왔다.

"나를 이용했을까?"

"뭐라고?"

"혹시 나를 이용해 회장 딸을 만나려고 신문사로 온 걸까 아니면 나랑 만나던 중 우연한 기회에 회장 딸을 만나게 되었을까?"

"연우야, 지금 그게 뭐가 중요해!"

"아니, 중요해. 전자와 후자는 완전히 다르잖아."

"전자건 후자건 어쨌든 나쁜 놈이고 미친놈이야!"

"숙영아, 난 그 사람 만나서 물어보고 싶어. 어떤 건지."

"얘! 뭘 물어보니! 그 놈, 내일 떠난다고! 기집애야!"

아니야, 숙영아, 난 중요해. 그 사람이 어떤 첫 마음으로 나한테 왔는지.

아니, 아니야, 그 사람의 눈빛을 보면 굳이 묻지 않아도 알 수 있을 것 같아. 부르지 않을 거야. 거기에 가만히 서 있다가 눈만 만날 거야. 숙영아, 그럴 거야.

●

　바람이 제법 쌀쌀했다. 아침 일찍부터 서둘러 나오느라 배에 로션을 못 바르고 나와서인지 피부도 많이 당기고 배가 뭉치는데 아기도 불편한지 아까부터 유난히 발로 찼다. 양쪽 손바닥을 비벼 따듯하게 한 후 배에 대고 시계방향으로 천천히 문지르는데 사람들이 분주하게 움직였다.

　공항에 가려면 저 건너편에서 택시를 타면 된다. 오랜만에 타는 택시였다.

　아차! 건널목의 붉은색 등이 초록색으로 바뀌었구나. 연우와 함께 서 있던 사람들은 이미 건널목 삼 분의 일쯤 건너고 있었다. 연우는 평소보다 좀 빠른 걸음으로 건너는데 생각만큼 빨리 걸어지지 않아 숨이 찼다.

　횡단보도를 건너는 동안 어디선가 계속 위-잉 하고 소리가 나는데 어디서 나는 소리인지는 잘 모르겠다.

　양쪽 손바닥을 쫙 펴서 뒤 허리를 한 번 받치고 부지런히 걷는데 한 다섯에서 여섯 걸음 남았다. 다른 사람들은 벌써 인도에 올라섰고 연우는 후-우하며 숨을 크게 쉬고서는 다음 발자국을 떼는데 위-잉 소리가 심하게 거슬리며 갑자기 가까워졌다.

 바로 이때 정지해 있던 차량 사이에서 한 대의 오토바이가 엄청난 소음을 내며 앞을 향해 걷고 있는 연우 옆으로 뛰어들었다.

 쾅 소리와 함께 세상이 빙글빙글 도는 것 같았다.

 필사적으로 배를 감싸 안은 연우의 몸이 공중으로 붕 떴다가 바닥에 털썩 떨어졌다. 연우의 흰 운동화 한 짝이 벗겨져 저 앞 인도로 날아갔다.

 아, 어지러워. 우리 아가는, 아가는…
 행복하게 살자고 했는데,
 아가 태어나면 우리 엄마한테 제일 먼저 가기로 했잖아요. 엄마한테 준명 씨와 우리 아가 꼭 보여주고 싶었는데… 나는, 정말, 많이 사랑했어요.

 주위에서 찢어질 듯 비명이 들리고 구급차의 사이렌 소리가 멀리서 조금씩 가까이 다가왔다.

●

 "빨리, 빨리!"

"이 기자, 이 기자! 정신 바짝 차려야 하는 거여! 알았지?"

"언니! 연우 언니! 어떡해요, 아브지! 흑흑"

정 부장은 연우의 침대 끄트머리를 잡으려는 듯 팔을 허공에 휘이휘이 저으면서 금방이라도 넘어질 것 같이 뛰어갔다. 평소 연우의 친한 동생이었던 정부장의 딸 현지는 눈물범벅이 된 창백한 얼굴로 그 뒤를 따랐다.

병원에서 누른 연우의 휴대폰 단축 번호 1번은 정 부장이었다.

미끄러지듯 연우의 침대가 수술실 문 안으로 급히 달려가자 곧 '고-오' 하면서 수술실 출입문이 굳게 닫히고 숨 막힐 듯 견딜 수 없는 정적이 병원 복도에 온통 내려앉았다.

"이 연우 씨, 이 연우 씨, 제가 얘기하는 거 들리세요?"

연우가 누워 있는 수술실 침대 옆으로 수간호사가 다가와 조심스럽게 말을 걸었다. 친절한 목소리에 눈을 가늘게 뜨고 연우는 간신히 한번 눈을 깜박였다. 엄마 냄새. 낯선 수간호사에게서 엄마 냄새가 났다.

"제가 하나, 둘, 셋을 세면 잠이 올 거예요. 아무 걱정 하지 말고 푹 자요. 연우 씨, 아셨죠?"

166

몸을 한껏 숙이고 본인의 손등으로 연우의 오른쪽 뺨을 부드럽게 쓰다듬은 수간호사가 이어 연우의 오른손을 두 손으로 꼭 감싸 쥐고서는 따듯한 목소리로 나지막하게 속삭였다.

 '네, 감사합니다. 정말 감사해요.'

 수간호사의 말처럼 셋까지 세자 마취 주사의 두려운 어지러움이 연우를 강하게 흔들었다.

 하나, 둘, 셋이야 연우,
 하나, 둘, 셋……

 시야와 정신이 흐려졌다. 안개가 자욱하게 낀 듯 앞이 뿌옇게 되면서 한참을 헝클어졌다가 점점 광경이 확실해졌다.
 "연우야! 연우야!"
 놀이터에서 친구들과 놀고 있는 연우를 미희가 불렀다. 친구들과 놀이터 바닥에 쪼그리고 앉아 한창 소꿉놀이를 하는 연우는 미희가 가까이 왔는데도 느끼지 못한 듯 놀이에 집중하고 있었다.

황폐한 얼굴로 연우를 보는 미희,

아이들 놀이를 방해하지 않으려고 미희는 벤치에 가만히 앉아 연우를 봤다. 퀭한 눈, 헝클어진 머리, 하얗게 마른 입술, 창백한 뺨… 미희는 넋이 나간 듯 그렇게 벤치에 몸을 모으고 앉아 있었다.

"아유~ 우리 아가는 참 춥겠구나?"

"왜요. 엄마?"

"이렇게 추운데 양말도 안 신고 샌들을 신고 있잖아. 아유~ 우리 아가, 엄마가 운동화 사줄게~ 우리 신발 가게 갈까?"

샌들이라고? 맨발이라니…….

벤치에 시체처럼 앉아있던 미희는 흠칫 놀라 눈을 크게 뜨고 아이들과 연우를 번갈아 쳐다봤다. 아이들은 모두 두꺼운 겨울 운동화를 신었고 적당하게 두께가 있는 코트를 입었다. 그런데 연우는 맨발, 샌들에 반소매 여름 치마를 입고 있었다. 이게 도대체 뭐지?

쪼그리고 앉아 친구들과 도란도란 얘기하는 연우는 소꿉놀이 그릇으로 밥을 먹는 시늉을 하며 친구들과 놀이에 집중하고 있었다. 그 순간 미희의 눈에 벌컥 눈물이 담겼다.

'그래… 지금이… 지금이… 12월이구나… '

 그러다가 미희는 본인의 옷도 한번 살펴봤다. 역시나 8월 말 여름에 입었던 반소매 티셔츠, 반바지였다. 이럴 수가…….

"연우야! 우리 아가! 연우야! 이리 온!"

 미희가 연우를 크게 부르자 고개를 돌려 미희를 본 여섯 살 연우는 반가움에 눈웃음을 치며 미희에게 달려왔다.

"엄~마~~"

"그래, 그래, 우리 아가……."

 두 팔을 활짝 벌려 연우를 품에 꼭 안은 미희의 눈에 담겨있던 눈물이 주르륵 쏟아졌다. 작디작은 연우의 몸과 얼굴, 손이 얼음장같이 차가웠다. 그래서 미희는 더욱 가슴이 미어졌다. 우는 미희 얼굴을 물끄러미 보던 연우는,

"엄마, 엄마, 추워? 연우가 이렇게 얼굴 만져 줘도 추워 엄마?"

"아니야, 안 추워, 우리 연우가 만져줘서 엄마 안 추

워, 연우야.”

 차가운 미희의 손을 모아 고사리 같은 두 손으로 꼭 감싼 채 작고 귀여운 입술을 동그랗게 모아서는 ‘호-오!’ 하고 입김을 연신 부는 연우였다. 얼음처럼 꽁꽁 언 아이의 손······.

“엄마, 엄마, 우리 엄마가 세상에서 젤루 이뻐!”

“연우 엄마는 천사같이 이뻐!”

“엄마는 우리 연우가, 하늘만큼 땅 만큼 좋아.”

 ‘엄마, 엄마는 늘 불안하고 무서웠을 텐데 어떻게 살았어?’

 ‘연우야, 살면서 만나는 많은 일은 안갯속에 있어. 명확하지 않은 그 속에 들어가서 부딪치며 일을 만나야 하는 경우도 있고 안갯속으로 들어가지 않고 안개가 걷히길 기다리는 경우도 있거든. 그런데 살다 보니 원하지 않았는데도 안갯속으로 들어가야 하는 일이 더 많더라.’

 ‘연우야, 만약에 말이야. 들어갈 수밖에 없다면, 안갯속으로 가는 걸 두려워하지 말았으면 해. 닥친 상황마다 헤쳐나가는 방법 중에서 정답이 없거든? 남의 시선이나 절대적 판단보다 나한테 가장 맞는 방법으로 가는

게 정답일 거야.'

'엄마, 엄마는 너무 힘든데 어떻게 살았어? 엄마, 나, 너무 힘들어.'

'연우야, 엄마한테 강함은 너를 혼자서 온전히 키우는 거였어. 나를 배신한 남자한테 절대 매달리지 않고 온전히, 독립적으로 연우, 너를 책임진 거. 그게 나한테는 세상과 정면으로 만나는 거였어. 죽을 것 같이 힘들었지만, 끝까지 나하고의 약속을 지킨 거야. 연우는 엄마 딸이야. 다 잘 될 거야. 엄마가, 우리 연우 지켜줄 거야.'

연우가 자꾸 어루만지는 엄마 미희의 얼굴이 점점 흐려졌다. 안개 속으로 사라지듯 점점 더.

"엄마! 엄마! 가지 마! 나도 데려가! 엄마!"

눈을 감고 있는 연우가 누워 있는 침대에서 느껴지는 천장과 바닥은 핑핑 돌 듯 서로의 자리를 바꿔가며 휘청했다. 신기하게도 눈을 뜨고 보고 있는 듯 손에 잡힐 것처럼 어지러웠다.

"뎅, 뎅, 뎅······"

천장이 '쿵'하고 무너질 듯 무거운 침묵이 짓누르고 있었다. 병원 복도의 낡은 괘종시계가 그 불편한 무거움을 깨고 싶은 것처럼 꽝하고 흔들리며 자정을 알렸다.

●

신문사 서고 정 부장의 책상 위에 있는 책장 앞쪽에 연우 사진이 있다.

흰색 면양말에 세 줄이 있는 슬리퍼를 신은 두 다리를 앞으로 쭉 펴고 정 부장 책상 의자에 앉아 두 손으로 머그잔을 감싸고 활짝 웃는 얼굴이다.

서고 계단에서 '으차, 으차' 하면서 누군가 올라왔다.

다섯 살 정도 되었을까?

앞 머리카락을 일자로 짧게 잘라 곱게 내리고 양 갈래로 머리를 묶은 하얀 피부의 귀여운 여자아이를 소중하게 품에 꼭 안은 정 부장이 입술을 양옆으로 활짝 열어 웃고 있다.

청결하면서 하얗고 고른 치아가 시원하게 보이는 청년과 같은 웃음.

신문사 밖으로 나오자 정 부장은 연수의 귀에 무엇인가 소곤거리며 바로 앞쪽 아파트 놀이터로 부지런히 걸어갔다.

노란색과 파란색으로 예쁘게 치장한 작은 미끄럼틀과 초록색과 갈색의 안장이 달린 그네가 보이는 아담한 놀이터였다. 놀이터 입구에 도착해 정 부장이 품에서 연수를 내려 주니 연수는 익숙한 듯 그네로 달려갔다.

"연수야, 천천히~ 넘어질라, 연수야~!"

넘어질 듯 뛰어가는 연수를 따라 정부장이 빠른 걸음으로 성큼성큼 쫓아갔다.

뛰느라 숨이 찼는지 눈을 동그랗게 뜨고 숨을 쌕쌕거리면서도 그네가 어디로 도망갈까 봐 오른손으로 그넷줄을 꽉 붙잡고 있는 연수였다.

한동안 그렇게 숨을 고르다가 작은 엉덩이를 그네 안장에 야무지게 건 다음 폴짝하고 뛰면서 앉은 연수의 등을 정 부장이 조심스럽게 밀어주니 연수는 날개를 달고 앞으로 뒤로 활짝 날아갈 듯했다.

앞으로 힘차게 발을 구르자 노란색 리본을 곱게 감아 묶은 양 갈래머리가 도망갈 듯 나풀거렸다.

"우리 엄마가 젤루 이뻐!"

"응? 뭐라고, 연수야?"

"우리 엄마가, 연수 엄마가 세상에서 젤루 이뻐요!"

"연수 엄마가 누군데?"

"이 연우 기자, 연수 엄마예요. 엄~마!!!"

그네를 타고 온 힘을 다해 엄마를 부르면 마치 엄마가 올 것처럼 연수는 그 앙증맞은 양 볼이 열이 올라 빨갛게 되도록 엄마를 몇 번이고 불렀다.

"그래, 그래, 연수야, 연수 엄마가 세상에서 젤루 이뻐요. 암, 그렇고말고!"

시큰하며 콧등이 아팠다.

눈에 눈물이 꽉 차오른 정 부장은 입술을 작게 씰룩이며 괜스레 파란 하늘을 올려다보면서 혼잣말을 했다.

'미희야, 이 기자랑 잘 있는 거야? 미희가 뿌옇게 보이지 않아 답답했는데 연우로, 이제는 연수로 돌아왔네. 연수는 염려 마, 미희야. 우리 좀 있다 꼭 만나자. 어디 가지 말고 거기 있어야 한다. 옛날처럼 갑자기 없어지면 안 돼. 알았지?'

얼굴을 왼쪽, 오른쪽으로 흔들어 눈물을 떨쳐 버린 정 부장은 두 팔을 앞으로 쭉 모아 펴서는 연수의 등을 밀어준 다음에 팔을 옆으로 내리고 그다음 다시 모아서 쭉 펴고 또 옆으로 내렸다.

한참을 그렇게 밀어주느라 더웠던지 점퍼를 벗어 그네

옆 벤치 등에 걸고 이내 연수한테 뛰어왔다. 벤치 등에
정갈하게 누운 신문사의 회색 점퍼 왼쪽 앞주머니에 짙
은 갈색 실로 깔끔하게 박음질 된 이름이 보였다.

'부장 정현우.'

파란색 물감에 흰색 물감을 절묘하게 섞은 듯한 하늘
에 폭신한 구름이 하나, 둘, 셋, 줄을 서서 누군가에게
달려가는 듯했다. 미희에게 달려갔던 현우의 화이트데
이 그날처럼……

작가의 말

●

　요즘 발생하는 사건, 사고 중 남성 혐오, 여성 혐오 등 민감한 부분을 자극하는 것이 많습니다. 아니, 이런 문제는 아주 오래전부터 꾸준하게 발생했으나 표면에 드러나 불특정다수가 알 수 있는 통로가 적었기 때문에 "그때는 이런 문제가 별로 없었어요." 라고 했을 겁니다.

　건강검진이 남의 나라 얘기 같았던 예전에도 암 발생 빈도는 높았지만, 검진을 하지 않으니 대략적인 발생 비율조차도 확실하지 않았습니다. 그래서 암 발생률이 낮을 거라고 착각하고 살았던 것이죠.

　그러나 건강검진이 그래도 일반화된 요즘은 암 발생률이 매우 높은 것처럼 생각하고 있지 않습니까? 물론 서구적인 식생활과 생활 습관 등 여러 원인으로 암 발생률이 더욱 높아진 것도 있겠지만 어쨌든 건강검진의 인식 문턱이 낮아진 것이 암 발생률에 대한 느낌이 달라진 큰 이유일 겁니다.

　여성이 '여성에 대해' 목소리를 조금이라도 높이면 무

조건 페미니스트라고 하여 조롱하거나 공격하는 사람들이 있습니다. 하지만 이런 문제로 남성과 여성이 대립할 때 남성 본인이 생각하기에 '나는 여성을 괴롭히거나 학대하는 남성이 절대 아니다.'라는 가치관이 확실하게 정립되어 있고 일상에서도 그런 가치관을 일관성 있게 지킨다면, 예민하게 생각하지 않아도 됩니다.

왜냐하면 정말 선한 남성도 있고 오히려 그런 성향의 남성이 여성을 잘 다독이면서 사는 경우도 있기 때문이죠. 여성이 말하는 건 그것에 해당하지 않는 남성입니다.

페미니스트의 의미는 원래 긍정적입니다. 여성과 남성의 평등을 추구하고 절대적 혐오를 하지 않습니다. 그런데 예를 하나 들자면 평등함을 주장하고자 할 때 체력이 강한 남성이 주도적으로 할 수 있는 분야의 일을 여성에게도 시켜라, 그러면 주장을 인정하겠다 등과 같은 의견을 말하는 남성들도 있지요.

그렇다면 남성도 여성처럼 수십 년 생리하고 임신하며 출산하고 모유 수유를 하며 육아, 가사를 해야죠. 하지만 생리, 임신, 출산, 모유 수유는 남성이 죽었다 깨어나도 절대 할 수 없습니다. 그러나 남성과 같이 경제 활동하며 가장 역할 하는 여성은 이미 많습니다. 그런데도 육아, 가사는 너무나 당연히 여성의 몫이라고 여전히 생각을 하지요.

시대가 변하면서 여성이 해야 할 일은 계속 증가하는데 이상하게도 남성이 할 일은 점점 감소하는 것 같다는 생각입니다. 그러다 보니 남성들이 일차원적 관심사에 관련한 것들에 예전보다 더욱 파고들어 단순화된다는 느낌도 있습니다.

조물주가 만든 성별에 따른 특이성, 체력적인 한계치 등과 같은 부분을 두고 대립하는 건 아무런 의미가 없습니다. 지겹게도 변화하지 않는, 한쪽으로 너무 치우친 사회적 편견과 여성의 몸, 마음을 소중히 여기지 않는 그릇된 가치관으로 불리하게 살 수밖에 없는 게 여성입니다.

이성적으로 판단해야 하는 다양한 부분에서 우선 여성의 생명이 위협받지 않도록 안전하게, 남성과 여성이 평등하게 살아가야 한다고 얘기하는 것이 페미니스트입니다.

하지만 불편해도 짚어 넘어가야 할 게 있습니다.

전체적인 비율로 볼 때 '평범한 대부분 여성'은 성적으로 무척 제한된 삶을 사는 것과 비교해 '평범한 대부분 남성'은 성적으로 너무 당연하게 자유로운 생활을 하는데도 사회적으로 "남성이니까 뭐."라는 잣대 아래 관대한 판단을 합니다.

'남성이니까.'는 이제 갓 태어난 아기이든 어린이든 청소년이든 청년이든 아니면 장년이든 노년이든 연령에 상관없이 해당한다는 것에 더욱더 답답함을 느낍니다.

우리 사회가 술에 관대하듯이 남성의 성에 대해서는 더욱 관대해서 군대에서 외박 나온 군인이 몇 명씩 무리 지어 성 접대 여성을 접촉하고 지방, 해외 출장 간 남편들이 아내 이외의 처음 만난 여성들과 일회용 관계나 깊은 관계를 맺기도 하지요.

그리고 이런 얘기를 좀 더 직선적으로 하는 여성한테는 마치 때려눕힐 것처럼 댓글 공격이 쏟아지는데 앞에서 한 말처럼 본인이 그런 남성이 아니면 그렇게 발끈하고 신경 쓸 필요가 없습니다. 누가 나서서 굳이 얘기하지 않을 뿐이지 원래, 많이들 알고 있는 사실입니다.

사회적으로 식겁할 만한 사건, 사고가 일어날 때마다 여성과 남성은 편을 나눠 피가 터지도록 대립합니다. 폭행 사건이 나면 "남성도 여성에게 맞는다."라고 주장하는 남성도 있지요. 물론 있을 겁니다. 그러나 성별에서 느끼는 스트레스나 공포감은 완전하게 다름을 잊지 말았으면 합니다.

"여성한테 맞을 때 남성은 이 여성이 나를 무시하는구나라고 자존심이 상하고 화가 나지만, 남성한테 맞는 여성은 죽을까 봐 두렵다."

남성에게는 자존심 상함과 화가 나는 게 최우선의 문제라면, 폭력, 몰래카메라, 리벤지 포르노, 강간, 살인의 갈림길에 서 있는 여성에게는 지금 죽느냐 아니면 사느냐, 목숨이 걸려 있는 중차대한 두려움입니다.

거기에 덧붙이자면, 가정폭력에 노출되어 성장한 아이들이 훗날 성인이 되어서 겪는 트라우마나 그것을 똑같이 실제로 행하는 비율을 생각할 때 '다양한 폭력'이 정말 심각한 문제인 건 확실합니다.

예전 같으면 공중파 뉴스프로그램이나 종이신문을 통해서만 드물게 알게 되는 각종 사건, 사고를 요즘에는 인터넷의 발달로 알고 싶지 않은 부분까지 낱낱이 알게됩니다. 그중에서 여성과 아이, 노인 등 약자에 대한 끊임없는 사건, 사고의 자세한 노출은 불특정 다수에게까지 극심한 공포와 불안감을 주지요.

여성은 어떠한 폭력 상태에서 무엇보다 생사가 달린가장 근본적인 두려움을 가지고 있다는 겁니다. 생명보다 더 중요한 일이 어디 있습니까. 남성이 진심으로 이 해하기 어려운 여성의 심리는 바로 이것, '최우선적인 공포와 두려움'입니다.

이것을 먼저 이해하지 못하기 때문에 남성과 여성이 조화롭게 세상을 살아가는 일이 어려운 것 같습니다. 폭력이나 성에 관해서만 간단하게 예를 들었지만, 여성 으로 태어나는 순간 굳이 원치 않아도 수많은 불리함 속 에서 살아갈 수밖에 없고 불리한 입장은 어이없게도 바 로 '여성 자신의 목숨과 인생'이 걸려 있는 일이 많습니 다.

결혼하여 자녀를 출산하고 헌신적으로 키우는 아내에 게 "왜 나만 돈을 벌고 줘야 하느냐?"면서 생활비 등 돈 을 주지 않는다거나 돈을 써야 할 때마다 일일이 허락을 받으라고 하거나 아니면 독박 육아에 지친 아내에게 밖 에 나가 돈을 벌어 오라고 하는 남편도 있습니다.

정 부장(현우) 같은 남성만 있다면 좋겠지만 그건 꿈이 고 현실은 잔인한 것일 테죠.

어찌 보면 김미희는 답답합니다. 김미희뿐 아니라 미 희의 어머니, 연우도 답답합니다. 이 책에 나오는 여성 들은 왜 하나같이 피해자이고 자식 때문에 본인의 인생을 존중하지 못하면서 희생만 해야 하는지, 왜 그렇게 참고 사는지, 강한 목소리를 내지 않는지, 남성한테 이용만 당하는지 아마도 화가 나서 참을 수 없을지 모릅니다.

거기에다 처음부터의 문제를 짚어 보면, 기본적으로 남편과 아버지의 역할을 하지 못하면서 가부장적이고 폭력적이기까지 한 미희 아버지로 인해 두 명의 아들은 가족을 적극적으로 책임지기보다는 매사 무기력하거나 회피하는 가치관을 가지게 되었다는 겁니다.

그러나 그에 반해 최악의 상황에서도 미희와 미희의 어머니는 끝까지 포기하지 않고 자식과 가족을 지켜냈다는 것, 그것이 그녀들의 주된 의지와 실천이었습니다. 미희는 어머니를 진정으로 이해했고 연우 또한 미희를 깊이 이해하고 존중했지요.

굳이 자식들한테 사연을 말하지 않아도 자식이 어머니의 인생을 영혼 깊이 이해한다는 건 그렇게 쉬운 일이 아닙니다.

결혼하지 않고 임신하는 건 여성에게는 매우 고통이 되는 일입니다.

"여자들이 알아서 피임했어야지."

"난 임신하라고 하지 않았어."

"임신 얘기를 들으면 남자들도 당황스럽지."

등의 얘기를 아무렇지 않게 하는 남성을 보면 남성 혐오가 없던 사람도 생길 것 같습니다. 남성과 여성이 사랑하고 관계를 맺게 되면 반드시 '임신'이라는 난관을 만나게 되는데요. 특히 결혼하지 않은 상태에서 이 난관을 만났을 때 남성이 주도적으로 이끌어 문제를 지혜롭게 해결할 수도 있고 남성과 여성이 함께 해결할 수도 있고 그것도 아니면 여성이 혼자 그 짐을 온전히 짊어진 채 평생을 살아야 하는 경우도 있습니다.

안타깝게도 현실은 세 번째 경우가 가장 많을 겁니다.

마음이 신실하지 못한 남성을 바로 알지 못한 채 순진하게 온몸과 마음을 다해 믿고 맡기는 게 얼마나 큰 고통을 안게 되는 일인지, 아마도 그런 아이와 같은 마음을 가졌던 여성은 그걸 미처 알지 못했거나 아니면 알면서도 '나를 사랑해서 그럴 거야.'라면서 꺼림칙하지만, 일부러 위로하는 경우도 있을 겁니다.

여성이 임신하면 출산하기도, 출산을 포기하기도 너무 힘든 상황이 됩니다.

아이는 남성과 여성 두 사람의 책임인데 왜 여성만이 대부분 그 고통을 혼자서 안고 살아야 하는지 심각하게 고민해야 합니다.

여성이 남성을 진심으로 사랑할 때 '남성의 몸도 그 마음같이 소중하게 생각하는 것'처럼 남성도 '여성의 몸과 마음을 따로따로 생각하지 말고 같이 생각하여 소중하게 생각'한다면 여성의 몸을 한낱 쾌락의 도구로 여겨 거기에서 수반되는 다양한 문제를 일으키는 빈도도 낮아질 겁니다.

●

미희는 어머니를 보호했고, 연우는 미희를 보호했습니다. 아마 어린 효도 신미진을 보호할 것이고 또한 세상에 없는 엄마 연우를 연수는 마음속 깊이 보호하며 살아갈 겁니다.

인생이 꽃길처럼 아름답기만 하다면야 바랄 게 없겠지만 험난한 파도를 안고 살 수밖에 없는 상황이 되었다면 파도를 피하지 않고 자신만의 주관을 가지고 지키는 게 오히려 강하게 살아남는 길이 될 수도 있을 겁니다.

어떤 이는 본인이 행복하고 편한 게 최우선 순위일 수 있고 어떤 이는 상대가 행복하고 편한 게 최우선 순위일 수 있습니다. 목소리를 적극적으로 크게 내어 주장하던, 말하지 않고 마음속 깊이 변하지 않는 의지를 지키고 살아가던 그건 각자 성향과 가치관에 따라 다 다릅니다. 그렇기 때문에 꼭 이렇게 저렇게 하는 게 정답이라고 할 수 없는데,

피할 수 없이 고단한 인생일지라도 자식들이 진정으로 어머니의 인생을 아파하고 이해한다는 것,
그런 자식을 어떤 어려움 속에서도 끝까지 일관성 있게 지켜냈다는 것,

이것이 미희와 미희의 어머니, 연우 그리고 신미진이 최우선 순위로 생각한 '상처투성이지만 스스로 약속을 지킨 강한 승리'일 것이고 아마 어린 연수도 그렇게 할 거라는 확신이 듭니다.

안갯속 그녀_리턴